Ce que pèse une âme

Angèle-Berthe BENARTS

Ce que pèse une âme

© 2020, BENARD – VANDIEDONCK

Edition : BoD - Book on Demand,
12/14 Rond-point des Champs Elysées, 75008 Paris
Impression: BoD - Book on Demand – Norderstedt,
Allemagne

ISBN: 978-2-322-20476-2

Dépôt légal : février 2020

Première partie 1958-1960
« Je pousse en liberté dans les jardins
mal fréquentés »

1

Le môme devait avoir tout au plus cinq ou six ans. Visage noiraud, tignasse ébouriffée, genoux écorchés, il ressemblait à un animal traqué par les chasseurs, cherchant refuge après avoir distancé les chiens. Il lança la pierre et la vitre se brisa. La bâtisse s'élevait fière et sombre, elle avait l'air inoccupée ou pas très occupée en tout cas. Par prudence, il avait choisi la petite porte. Il allait tourner le verrou, en passant la main à l'intérieur, quand il se sentit soulevé du sol, attrapé à la ceinture par une poigne ferme et pour tout dire brutale.

— Qu'est-ce que tu fais là ?
— Je me planque.
— C'est chez moi ici ! Tu as cassé ma fenêtre.

Le petit prit un air un peu désolé, mais pas trop. Il trahissait par ses mimiques expressives les sentiments contradictoires qui l'agitaient : le désir d'afficher une bravoure sans limite, la panique intérieure du coupable pris sur le fait et qui se demandait à quelle sauce il serait mangé, la volonté de continuer le combat au-delà de la défaite, une certaine confiance dans sa capacité à charmer son interlocuteur.

— Pour entrer, il fallait bien casser.

Le propriétaire n'avait pas encore lâché le gamin mais déjà les armes. Une dégaine de boxeur en costume cravate, le genre de type à qui on sent tout de suite qu'il ne faut pas chercher d'histoires.

— Tu sais que tu as l'air d'une toute petite fourmi face à un gros éléphant.

— Une fourmi, ça pique !

Le gros éléphant s'appelait Jean Delhomme. Il déposa le garçon, ouvrit la porte et le poussa à l'intérieur.

— Je te planque mais va falloir bosser ; moi, j'héberge pas gratis. Tu vas voir Marie, elle va te donner du boulot.

Il lui indiqua la cuisine, une vaste cuisine où s'affairait une robuste sexagénaire aux gestes vigoureux et au regard tendre. Marie avait entendu Jean entrer. Elle l'avait entendu gronder aussi mais il grondait si souvent ! Il gueulait sur ses copains, tous ces messieurs qui venaient ici le soir échafauder avec lui des plans plus ou moins bizarres, dans cette grande maison, à l'écart, à trente kilomètres de Paris. Elle ne s'attendait donc pas à voir débouler dans sa cuisine ce tout-petit, tout-maigre, tout-crasseux.

— Tu as faim ?

— Oh oui, Madame !

— Marie !

— Oui Madame Marie.

Comme il restait planté à l'entrée, elle l'attira vers elle et l'installa sur une chaise à la grande table sur laquelle elle épluchait les légumes pour le dîner. Il en fallait une de ces quantités ! Ils seraient encore bien huit ou dix grands gaillards aux appétits d'ogre. Devant ce petit bout de bonhomme tombé du ciel, elle fondit complètement. On ne voyait jamais d'enfant ici. Certes les gars de la bande de Jean n'étaient tous que des mômes, des sales mômes avec des carrures d'adultes. Mais quand même, ce n'était pas pareil ! Elle le regarda intensément avant de lui préparer un goûter. Il était 18 heures, c'était un peu tard pour le goûter. Qu'importe ! Il avait l'air affamé ce petit, il pouvait bien goûter à 18 heures et dîner à 20 heures.

Les pensées se bousculaient dans la tête de Marie. Il faudrait aussi lui faire prendre un bain, il avait dû trainer on ne sait où, il était sale comme un pou. Demain, on irait lui acheter des vêtements. Où dormirait-il ? Dans la chambre verte ? Non, elle était trop froide et on entendait tout ce qui se passait en bas depuis la chambre verte. Le mieux, ce serait qu'il prenne la petite chambre, la chambre Rosita comme on l'appelait depuis qu'une fille en cavale ainsi prénommée y avait séjourné pendant plusieurs mois. Là il serait juste à côté de Marie, elle pourrait veiller sur lui.

Il avait l'air si fragile sous son aspect de sauvageon.

— Tu veux du pain avec du beurre et de la confiture, et un bol de chocolat chaud ?

Les yeux du gamin brillaient.

— Oui, oui Madame Marie !

— Dis « Marie » tout simplement. Tu sais, je suis pas une dame, moi.

Il s'empara avec avidité de la large tartine qu'elle lui avait préparée. Elle l'avait recouverte d'une épaisse couche de beurre.

— Sers-toi de la confiture. C'est de la fraise.

Il dévorait, il engloutissait. Il se refaisait.

— Tiens, il me reste une tablette de chocolat aussi. Ça te ferait plaisir ?

— Oui, très plaisir, Marie.

Marie se dit qu'il allait rester. Si Monsieur Jean l'avait laissé entrer, c'est que le petit lui avait plu. Et quand les gens lui plaisaient, il les gardait. Il n'avait pas toujours réussi à garder les gens qu'il aimait alors maintenant il s'y employait résolument.

— Tu t'appelles comment ?

— Antoine.

— Et tu viens d'où, Antoine ?

Elle venait d'envisager qu'il avait peut-être une famille qui l'attendait ailleurs.

— Je viens d'un endroit très moche où je ne veux pas retourner.

Il prit un air très grave et très solennel.
— Je préférais mourir que d'y retourner.

2

— Allez ! Debout, petiot !

Antoine se réveilla dans la chambre Rosita. La veille au soir, il avait pris un bain dans la gigantesque baignoire. Tout était grand ici, il avait trouvé un château et le roi l'avait admis. Après le bain, il avait dîné avec Monsieur Jean et quelques uns de ses amis. Des grandes gueules, comme disait Marie. La table était pleine de victuailles. Tout le monde parlait beaucoup. Sauf Jean.

— C'est qui ce môme ? ils avaient demandé.

— C'est Antoine, il avait répondu.

Ils n'avaient pas osé poser d'autres questions.

Il était déjà tard et Antoine s'endormait sur la table. Marie l'avait emmené se coucher. Il aurait aimé rester, veiller, se laisser bercer par les conversations auxquelles il ne comprenait pas un mot mais dont la tonalité mi-secrète mi-exaltée l'envoûtait. Il se sentait bien, rassuré, en sécurité.

— Tu as bien dormi ?

— Oui.

Il se cachait sous les couvertures pour éviter d'être ébloui par la lumière du jour. Monsieur Jean venait d'ouvrir les volets.

— Tu vas aller faire des courses avec Marie.

Antoine se mit debout sur le lit pour agripper Jean par le cou. Jean, un peu mal à l'aise, s'immobilisa.
— Tu vas me garder ?
— Et toi, tu vas me garder, petiot ?

3

— Et encore un petit par-dessus la cravate !

Antoine reprit, pour la troisième fois, une part de far breton qu'avait préparé Marie. Il s'amusait aussi à faire claquer les expressions entendues dans son nouveau monde.

— Ben dis donc, Marie, j'espère que tu ne lui as pas acheté trop de vêtements. Avec tout ce qu'il becte, le môme, il va pas tarder à faire péter les boutons de ses culottes !

Le dimanche avait filé tranquillement, entre messe et parties de pétanque dans le terrain aménagé derrière la maison. Ce début novembre offrait un peu de douceur attardée. Jean affichait une bonne humeur détendue.

— J'ai pris un peu plus large que sa taille. Je me doutais un peu que notre régime lui profiterait.

Marie prit le paquet de cigarettes sur la table et s'en alluma une. Elle se sentait toujours coupable quand elle fumait. À son âge, c'était un peu ridicule. Toutefois elle n'avait pas réussi à se défaire des injonctions d'une éducation peu tolérante aux femmes, malgré des décennies passées dans des milieux où la morale était des plus souples. Georges était venu avec sa « poule » qui clopait comme un sapeur. Alors Marie se sentait confortée, comme si cette Lucette de Javel, rare présence féminine dans cet univers d'hommes, déterminait le fémininement correct. Lucette portait un tailleur fuchsia très ajusté et se mouvait avec grâce. Elle n'avait rien de vulgaire et Marie déplorait que Georges lui donne du « ma poule » comme pour marquer son territoire et son pouvoir.

— Tu as réfléchi pour la proposition de Marcel, rapport à la schnouf ?

Jean tapa du poing sur la table.

— Tu veux me foutre en l'air ma soirée ! C'est dimanche, tu me causes pas d'affaires, c'est compris ? Et surtout jamais ce genre de trucs devant le petit ! Je ne te le dirai pas deux fois ! C'est bien clair ?

L'autre ravala sa salive. Il appréciait que le poing se soit écrasé sur la table. Jean devait vraiment être détendu. Dommage que cet indécrottable bigot refuse toute activité le jour du Seigneur. Disposé comme il l'était, il aurait bien pu l'accepter, la combine du Marcel. Tant pis ! Il lui en reparlerait le lendemain.

— Et toi petiot, si tu montais maintenant que tu as fini ton dessert ?

— Oh déjà ! C'est pas une vie, tu es dur avec moi.

— Tu sais qu'il est 22 heures passées. Je ne crois pas qu'il y ait encore beaucoup de morveux debout à cette heure-ci. Et demain, tu vas faire ta rentrée à l'école.

Antoine s'assombrit. Il pinça les lèvres et fronça les sourcils. Marie comprit qu'elle avait manqué à tous ses devoirs. 22 heures ! L'école ! Mais à quoi avait-elle la tête ? Elle le saisit par le bras et l'entraina vers l'escalier.

— Attends que je dise bonsoir à tout le monde, quand même !

Il alla embrasser Georges, Lucette et le petit Gérard qui était là aussi. Il s'approcha de Jean et lui glissa :

— Toi tu exagères. Tu es vraiment méchant avec moi.

— Je sais.

Antoine l'embrassa et Jean déposa un baiser sur son front.

4

— J'ai pas très envie d'aller à l'école. Je suis bien ici, à la maison. Je peux faire du travail pour toi comme tu avais dit quand je suis arrivé.

Il essayait de paraître misérable et implorant. Jean répliqua, tranchant :

— Qu'est-ce que tu me chantes là ? L'école, c'est une chance. Moi, j'y suis presque pas allé et ça m'a manqué. Il faut avoir de l'instruction pour réussir.

— Mais toi, tu as réussi. Tu es très riche.

Jean fit la moue.

— Oui je suis riche mais bête.

— Tu n'es pas bête, c'est toi le chef de tous ceux qui travaillent avec toi !

— Petiot, il y a une chose très importante que je dois te dire.

Antoine ouvrait grand les yeux. Cette gravité soudaine le glaçait un peu.

— Tu es arrivé ici, comme ça, parce que tu n'avais pas où aller. Je t'accueille : tu vois, cette maison, c'est ta maison. Les gens ne comprennent pas trop parce que personne ne me voyait avec un mouflet sur les bras. Je suis pas un bon exemple. Si tu continues de vivre ici, il faut que tu me promettes de ne pas faire les choses comme moi. Pas du tout. Moi je peux t'aider à grandir ; ici, tu ne vas manquer de rien. Tu auras à manger, tu auras l'éducation à l'école, l'éducation religieuse aussi. Tu auras l'affection de Marie et ma protection. Mais s'il te plaît, ne me prends jamais comme exemple. Je ne suis pas un type bien. Ce que je fais pour toi, c'est bien. Pour le reste, je suis moche. Tu comprends ?

Il avait pris Antoine par les épaules et lui avait parlé d'une voix ferme et sans appel. Pourtant, ce n'était pas un ordre mais plutôt une supplication. Antoine s'en trouva très déstabilisé. Ce que venait de déclarer Jean lui apparaissait totalement contradictoire et de ce fait absolument inaudible. Comment pourrait-il ne pas vouloir ressembler à cet homme auprès duquel il découvrait la confiance et l'amour ? Alors, oui, il irait à l'école. Parce qu'il avait terriblement envie de faire plaisir à celui qui venait de lui faire une déclaration d'adoption. Comme un élan d'amour, comme un désir profond de lui donner en retour.

— C'est toi qui m'emmènes à l'école ?

Antoine avait pris l'habitude de voir Jean disparaître dès le matin, après le petit-déjeuner. Souvent lorsqu'Antoine se levait, Jean était déjà parti. Il prenait la DS grise et filait sur Paris pour ses affaires. Il ne rentrait pas avant 18 heures. Commençait alors le défilé de ses gars. Il y avait les habitués, ceux qui restaient tard le soir, ceux qui avaient des têtes familières et donc sympathiques, et il y avait aussi des types plus ou moins louches et pas toujours très commodes. Parfois, une bagarre éclatait. Il suffisait que Jean hausse le ton ou balance une gifle pour que tout ce petit monde se calme.

Pendant la journée, Antoine suivait Marie dans ses tâches ménagères, il lui apportait son aide. Il explorait le domaine, s'en faisait un terrain de jeu. Il allait se balader seul aussi, jusqu'au village ou au bois. Jean passait peu de temps avec Antoine, en semaine.

— Oui, c'est moi qui t'emmène. Il va falloir expliquer pourquoi tu arrives en cours d'année et d'où tu viens. Marie ne saurait pas quoi dire.

— Ben oui, c'est pas évident. Tu vas dire quoi ? Pas que je viens d'un foyer ? Pas que je me suis échappé.

— Allez viens, petiot, t'inquiète pas. S'il y a bien une espèce que je peux pas blairer, c'est les mouchards.

Jean ne lui tenait pas la main quand ils marchaient ensemble dans la rue. Dans cette famille d'accueil où le juge avait tenté de le caser l'an dernier, on lui demandait toujours de donner la main. L'homme surtout. Il lui serrait fiévreusement la main au point de lui faire mal. Ils avaient peur qu'Antoine s'envole. Et pourtant, ils l'avaient retourné d'où il venait au bout de six mois. Trop dur, trop perturbé. Ils n'en pouvaient plus.

Jean marchait vite. Pour le suivre, Antoine trottinait, le dépassait, puis ralentissait le rythme pour se retrouver à sa hauteur sur quelques mètres. Quand il sortait avec Marie, c'était encore différent ; Marie, elle, lui donnait la main mais pas à la manière des parents qui veulent garder leur enfant sous contrôle, elle veillait plutôt à ce que leurs pas soient alignés pour qu'il reste à ses côtés, à écouter ses histoires. Des histoires de la vie avant, de sa jeunesse à Paris, de sa rencontre avec Monsieur Jean et de tout ce qu'elle entendait au village ou à la radio.

Ils arrivèrent devant la grille de l'école, pile à l'heure. De nombreux gamins étaient amassés devant l'entrée. L'instituteur, un homme grand, maigre et avenant ouvrit la grille. Antoine esquissa un demi-tour. Jean lui lança un regard réprobateur qui le remit en place aussitôt. Une fois le gros des troupes entré, Jean entraîna Antoine par les épaules et se dirigea vers le maître.

— Bonjour Monsieur. Je voudrais inscrire le petit. C'est possible maintenant ?

L'instituteur les invita à le suivre dans son bureau.

— Comment se fait-il qu'il arrive en cours d'année ?

— Sa mère est morte, nous étions séparés et je le récupère.

Le maître d'école se tourna vers Antoine, plein de compassion à l'annonce du décès. Antoine essaya d'adopter une mine de circonstance. Il trouvait que Jean mentait diablement bien. Sans doute cela faisait-il partie des raisons pour lesquelles il ne fallait pas lui ressembler.

— Son nom ?
— Antoine Delhomme.

Lorsqu'il entendit accoler à son prénom le patronyme de Jean, Antoine éprouva un fort sentiment d'appartenance. Il n'aurait aucun mal à s'habituer à ce nom de famille, il ne s'en connaissait pas d'autre. Jean et l'instituteur ont continué à discuter un bon quart d'heure : âge, adresse, frères et sœurs … Avait-il été scolarisé pour le début de l'année scolaire ? Jean avouait que son fils n'avait jamais mis les pieds en classe auparavant. Le garçon pensait que ce n'était pas tout à fait exact, il avait fait l'objet d'une tentative d'intégration dans une classe maternelle. Il jugea préférable de ne pas s'immiscer dans la conversation des adultes, cette expérience n'ayant été concluante pour personne. En revanche il avait appris à déchiffrer et à lire quelques mots auprès d'un grand au foyer, ce dont il ne fit pas mention non plus. Monsieur Serge Rouvillois, directeur et instituteur à l'école de garçons

Ambroise Paré de la Ville du Bois, s'efforça de rassurer Monsieur Delhomme : son fils rattraperait les deux premiers mois, en travaillant plus, il le soutiendrait dans ses efforts. Ce point parut tout à fait fâcheux à Antoine.

Il suivit le maître et fit son entrée dans la classe de cours préparatoire.

5

Depuis qu'il devait aller en classe, Antoine attendait les dimanches avec une impatience accrue. Le dimanche matin, le petit déjeuner s'étirait en longueur et en douceur. Marie chantait, Jean l'accompagnait. Il sortait parfois son harmonica et toute la maisonnée s'emplissait de blues. On faisait griller le pain. Souvent il y avait des croissants au beurre. On mangeait aussi des œufs, du fromage et du jambon. Antoine prenait un peu de café dans son lait. C'était vraiment la vie de château ! Vers 10 heures et demie, Marie, Jean et Antoine partaient à la messe. Antoine devait mettre sa chemise blanche et une culotte de flanelle grise propre. Ses chaussures avaient été cirées la veille au soir.

Jean tenait beaucoup à la messe dominicale. Il avait un grand collier plein de petites boules en bois qu'il tenait en fermant les yeux pendant la célébration. Par moment, il donnait l'impression de souffrir. Finalement, tous les grands allaient en rang recevoir de la part du curé un morceau de pain tout plat et tout rond dont Jean lui avait dit qu'on l'appelait une hostie. C'était la communion. Jean en revenait tout apaisé. Antoine l'observait et essayait de comprendre par quelle magie cette hostie pouvait déployer un tel effet sur ceux qui la mangeaient. Il aurait aimé pouvoir y goûter mais Jean lui dit que ce serait pour plus tard. Il se laissait donc bercer par l'ambiance de mystère. L'odeur de l'encens devint l'odeur du mystère, la clochette l'annonce du mystère, l'harmonium la musique du mystère. Ce curé qui s'adressait en latin, en leur tournant le dos ressemblait au grand prêtre égyptien qu'il avait vu dans un livre d'images à l'école.

— C'est un petit peu long quand même la messe, je trouve.

— L'année prochaine, tu iras au catéchisme. Tu verras, tu comprendras mieux.

— Je comprendrai quoi ?

Ils passaient le long d'un muret. Jean souleva le gamin et l'assit sur le muret de sorte qu'il se trouvait à sa hauteur. Il aimait parler les yeux dans les yeux quand ce qu'il avait à dire était important.

— Dieu nous aime. Il nous aime comme un fou. Malgré toutes les conneries qu'on peut faire, nous les hommes. Tu comprends ?

Antoine hocha la tête.

— Il a envoyé son Fils Jésus pour sauver les hommes. Mais les hommes n'ont pas voulu écouter Jésus et ils l'ont tué, cloué sur une croix.

— La croix qu'on voit dans l'église ?

— Oui. Cloué sur une croix. Même ça, il l'a pardonné. Il est passé par les plus grandes souffrances mais c'était le Fils de Dieu. Alors il est ressuscité, ça veut dire qu'il a été plus fort que la mort. Et nous si on l'aime, si on croit en lui, si on suit son exemple, il nous sauve de tout.

— Et qui est-ce qui va en enfer ?

— L'enfer c'est quand on est très malheureux ou très mauvais.

— On peut en sortir alors ? On n'y reste pas ?

— Non, Jésus vient nous chercher. L'important c'est d'avoir confiance, d'aimer les gens et d'aider ceux qui en ont besoin.

— D'accord, p'pa.

Antoine redescendit de son perchoir.

6

L'intégration à la vie scolaire s'effectua dans la douleur pour Antoine. L'apprentissage de la lecture, de l'écriture, du calcul, de l'histoire et la géographie se révélait intéressant. Mais devoir rester assis pendant des heures, marcher en rang, voir son espace de jeu limité à vingt minutes et par des grilles, écouter le maître sans l'interrompre, parler quand on vous interroge, tout cela créait une sensation d'étouffement et faisait naître une irrépressible envie de courir en tous sens et de hurler comme un loup. Le fleuve était trop puissant, le barrage se rompit.

L'instituteur fit montre d'indulgence. Il avait bien perçu que ce petit sauvageon avait déjà dû encaisser pas mal de coups, endurer prématurément des épreuves et ravaler souffrances et pleurs. Il entrevoyait que Monsieur Delhomme ne lui avait pas tout dit. Rouvillois avait choisi la profession par vocation comme beaucoup de ses confrères. À trente-cinq ans, il était toujours célibataire et vivait avec sa mère qui depuis quelques années était paraplégique. Il se dévouait corps et âme à sa mission et ne vivait que pour ses gamins. Les tirer vers le meilleur d'eux-mêmes, leur permettre d'avoir un bagage pour réussir leur vie, en emmener le maximum au certificat d'études et les meilleurs au lycée, tel était son objectif. Il avait une foi inébranlable dans le rôle émancipateur de l'école et dans sa fonction d'ascenseur social. Il s'identifiait à ses aînés, les hussards noirs de la république qui avaient fait l'école. Serge venait lui-même d'un milieu très modeste. La Ville du Bois restait une commune rurale et bon nombre de ses élèves étaient fils de maraîchers même si l'activité commençait à décliner et que les perspectives étaient plutôt à l'usine qu'aux champs. L'instituteur aimait ses gosses mais il pensait qu'ils avaient besoin d'être dressés. Il savait que spontanément, tous ces garçons avaient plus d'attirance pour les parties de football, les expéditions en forêt ou les batailles rangées contre ceux de la ville voisine que pour la littérature ou les sciences. On disait de lui : il est sévère mais juste.

Ainsi après avoir rappelé cinq ou six fois à Antoine qu'on ne se lève pas pour aller voir à la fenêtre d'où vient le bruit dehors, après lui avoir demandé une dizaine de fois de cesser ses bavardages, il se décida à le punir. Au bout d'une semaine de cours, il ne se passait pas une journée sans qu'Antoine ne fût envoyé au piquet. À la récréation, il avait rapidement su s'imposer. Son indiscipline le rendit populaire auprès de ses camarades. Il en prit conscience et jouait les caïds. Il se montra dur à la bataille, sa hargne et sa volonté compensant sa petite taille. Il devint bientôt un meneur.

Un jour, alors qu'il venait d'envoyer le seul gosse de riche de la classe, un certain Philippe Lebrun, au tapis et que Monsieur Rouvillois sifflant la fin de partie, venait chercher le garnement pour le coller contre le mur, la victime, nez en sang, lança :

— De toutes façons, t'es un fils de gangster. Ton père, c'est un taulard. C'est pour ça que tu vivais pas chez lui avant. Tu finiras en prison comme ton père !

Antoine hurlait :

— C'est pas vrai ! C'est pas vrai !

Et il lui décocha deux nouveaux violents coups de poing, un dans le ventre, l'autre en pleine face. Le gamin s'écroula en gémissant. L'enseignant empoigna le roi du ring et l'entraîna dans son bureau.

7

Ce jour-là, Antoine rentra tard à la maison. Monsieur Rouvillois considérait cette nouvelle scène de violence comme la goutte d'eau qui faisait déborder le vase.

— Antoine, tu n'es qu'une brute épaisse ! Je ne tolère pas une telle sauvagerie dans cette école. Qu'est-ce que tu as dans le ventre pour cogner comme ça ? Réponds ! Tu n'arrêtes pas. Quatre bagarres en trois jours ! Tu ne sais pas t'expliquer avec des mots ? Non ! Il faut toujours que tu le fasses avec tes poings ! J'en ai ras le bol de toi, tu m'entends ?

Il était furieux. La victime s'en tirait avec des ecchymoses et hématomes un peu partout, un œil au beurre noir et une dent cassée. Mais si cette terreur continuait à pulvériser tous ceux qui la contrariaient, elle ne tarderait pas à en envoyer un à l'hôpital. Antoine s'enferma dans le silence. Il passa la fin de l'après-midi à genoux sur une règle, avec, accroché dans le dos, un écriteau explicite « je suis une brute ». Il devait en punition recopier des dizaines de fois une phrase sur la nécessité de se contrôler et de ne pas être violent. Le maître l'obligea à rester une heure de plus, avec lui, dans la classe. Il essaya de le faire parler, de l'amener à exprimer des regrets sur sa conduite mais Antoine, d'habitude si transparent, s'était muré dans une attitude butée de refus de communiquer.

— Tu peux pas essayer de faire un effort ? Moi, je vais devoir faire venir ton père pour lui parler de ton mauvais comportement.

Antoine sortit de son mutisme.

— Oh non, Monsieur ! Dites rien à mon père !

— Tu as peur qu'il te donne une bonne correction ?

— Non Monsieur, j'ai peur qu'il soit déçu.

Quand il rentra à la maison, Monsieur Jean n'était pas encore arrivé. Marie ne s'inquiétait pas du retard d'Antoine. Il lui arrivait souvent d'aller jouer avec ses camarades avant de faire ses devoirs malgré les recommandations contraires répétées de Marie :

— Tu fais tes devoirs d'abord et tu vas jouer après !

Aussi quand elle l'entendit pousser la porte, elle s'apprêtait à lui adresser quelques remontrances. Cependant, elle remarqua son air maussade, son visage fermé.

— Qu'est-ce qui s'est passé ? Tu as été puni ?
— Oui mais ça je m'en fous.
— Tu devrais pas…

Il monta directement dans sa chambre, sans goûter, sans écouter le sermon de Marie, sans non plus chercher le moindre réconfort auprès de celle qui se laissait pourtant si facilement charmer et adoucir par les fausses excuses d'Antoine.

Quand les éclats de voix de Jean retentirent dans l'entrée, Antoine se précipita hors de sa chambre, dévala l'escalier et vint se planter devant son père. Il voulait lui demander s'il avait vraiment fait de la prison, s'il était vraiment un gangster. À peine se trouva-t-il face à lui que Jean lui balança une gifle d'une violence non maîtrisée, comme celle qu'il réservait à ses collaborateurs. Le petit valsa en arrière et s'étala sur le fauteuil prévu pour accueillir les visiteurs attendant d'être reçus. Il resta stoïque.

— J'en ai pas fini ! tonna Jean.

Il l'attrapa par le pull-over et le transporta dans la chambre, le portant à bout de bras comme un paquet. Marie hurlait derrière lui :

— Jean, calme-toi ! C'est un gosse. Calme-toi ! Tu vas nous le tuer !

Jean déchargea le gamin sans ménagement sur son lit, il défit sa ceinture et le fouetta rageusement. Antoine ne criait pas, ne pleurait pas. Il serrait les dents.

— Tu crois que c'est pour ça que je t'envoie à l'école ? Tu crois que c'est pour ça que je m'occupe de toi ? J'ai vu ton maître ce soir ! Pas de chance, hein ? J'ai déposé une fille dans la rue de ton école et je suis tombé sur ton maître. Il m'a interpelé, j'ai pensé qu'il avait un truc important à me dire ; j'ai pas été déçu ! Tu n'es qu'un pauvre petit con, Antoine ! Il m'a dit que tu passes ton temps à te bagarrer dans la cour mais aussi même dans la classe ! Tu veux devenir une frappe ? Tu veux finir en prison ?

Antoine trouva la force de crier :

— Comme toi !

Jean s'arrêta net.

— Comme moi ! Oui comme moi. Tu veux te retrouver en prison comme moi ? Tu veux gâcher ta vie comme moi ?

Antoine était groggy sous l'effet des coups. Sous l'effet du coup.

— Papa, c'est vrai ? Tu es vraiment allé en prison ? Moi, je voulais pas le croire. C'est pour ça que j'ai cogné Lebrun. Il a dit que tu es un gangster et un taulard. Moi je voulais pas qu'il dise ça. Je l'ai dérouillé pour qu'il ferme sa grande gueule, ce salaud ! Moi je voulais pas que ce soit vrai !

— Ben tu vois, il disait vrai. J'ai passé cinq ans en tout derrière les barreaux, trois puis encore deux… Il faut que tu arrêtes de jouer les petits voyous à l'école. Ça me déçoit beaucoup que tu tournes comme ça.

— Tu m'as fait mal !

— J'étais en colère. Je suis en colère contre toi, petiot.

— Tu as fait quoi pour aller en prison ?

— Tu veux le savoir ?... J'ai assassiné personne... J'ai braqué des banques. Des gens aussi, c'étaient, des riches. Mais je ne vais pas te raconter en détail...

— C'est tout l'argent qui t'a rendu riche ?

Malgré toute sa peine et sa rage, le gamin trouvait assez fascinant d'être le fils d'un genre de Robin des bois, d'un hors-la-loi, d'un aventurier. Il n'avait pas aimé que ce morveux de Lebrun lance ça comme une insulte et une attaque contre son père mais au fond, dans son imaginaire, le voleur était un héros.

— Non pas vraiment, répondit Jean, j'ai tout perdu ou presque. Dis moi, tu vas arrêter tes bêtises à l'école ?

— Tu m'as fait mal !

— Je veux que tu comprennes. Je veux que tu sois un bon gamin.

Après une pause, il lui tendit la main.

— J'y suis allé trop fort !... Allez, viens ! On va aller manger.

Le petit pleurait maintenant, le grand était terriblement penaud. Il se dit qu'il n'était pas capable d'être père. Il avait tapé sur le môme comme si c'était sur lui-même. Et pourquoi ce petit encaissait-il comme un homme ? Pourquoi n'avait-il pas crié s'il avait mal ? Pourquoi ne s'était-il pas débattu ? Il faudrait lui reparler, prendre le temps de lui faire comprendre ce qui est important dans la vie. Pour l'heure, Jean avait encore en tête les mots de Serge Rouvillois :

— Je suis dépassé. Il est enragé. Je ne sais pas si je vais pouvoir le garder à l'école.

À six ans, tout de même !

Marie entourait de ses bras le petit corps tout meurtri, elle essuyait ses larmes, le couvrait de tendresse.

— Je ne sais pas ce qu'il a fait ce petit. Mais rien ne justifie qu'on le batte comme fer. C'est pas comme ça que tu vas lui apprendre à bien se comporter ! Tu n'es qu'une brute épaisse !

La phrase résonna comme un écho dans la tête d'Antoine et il imagina son père avec la pancarte et les genoux sur la règle. Marie continuait :

— Tu m'entends, Jean ? Tu me dégoûtes ! Je t'adresse plus la parole.

8

La période post-révélation s'avéra très difficile à affronter à l'école. Antoine avait perdu toute son assurance. Le lendemain de ce maudit jour, il avait du mal à cacher ses zébrures sur les jambes qui trahissaient la correction du père. Serge regretta d'avoir parlé, d'avoir peut-être dramatisé. Il vit Antoine comme un gamin maltraité. Antoine se sentait surtout humilié. Il avait vécu l'exposition avec écriteau comme particulièrement infâmante. Il portait maintenant également, avec Jean, le poids d'un passé honteux et stigmatisant : il était fils de taulard. Sa fragilisation évidente suite à l'évènement incita ses ennemis, ceux qui convoitaient sa place de meneur, à favoriser sa mise à l'écart. Trop abattu pour protester, il rasait les murs, faisait profil bas. Il découvrit que la maison de Jean, sa maison à lui aussi, était baptisée « la maison des bandits ».

Après le déjeuner, à la sortie de la cantine, l'instituteur approcha Antoine :

— Viens Antoine, j'ai à te causer.

Antoine le suivit de mauvaise grâce. Il avait en tête leurs rapports de la veille.

— Antoine, ton père voudrait que tu restes dans la classe le soir pour faire tes devoirs avec moi.

Antoine haussa les épaules : encore un peu plus enfermé !

— Mais dis-moi, que s'est-il passé hier ? Qu'est-ce qui t'a mis dans cet état ?

Le gamin plissa la bouche pour signifier qu'il ne dirait rien. Rouvillois essaya de lui tendre une perche en adoptant une attitude d'indulgence et d'ouverture. Antoine se ravisa :

— Vous ne m'aimez pas. Vous m'avez humilié. Vous m'avez ridiculisé.

Serge l'encouragea à poursuivre.

— Et puis vous m'avez trahi. Vous avez tout raconté mes bêtises à mon père. C'était entre nous. Je vous avais prévenu que ça lui causerait de la peine. C'est vraiment pas gentil. Vous ne m'aimez pas !

L'instituteur n'avait pas l'habitude que ses élèves lui parlent de sentiments. Il n'exprimait jamais son affection et les gamins avaient avec lui une relation de crainte et de respect. Le verbe « aimer » était déroutant. Il se sentit un peu maladroit. Il ne voulait pas perdre la face devant cette graine de rebelle mais il commençait à comprendre qu'il n'arriverait à aider celui-ci qu'en passant par le chemin du cœur.

— Au contraire, c'est parce que je t'aime bien que je lui en ai parlé. Il fallait vraiment arrêter cette escalade, chaque jour tu trouvais une idée pire que la veille pour impressionner tes camarades et chaque jour tu te montrais de plus en plus violent. Tu as quand même démoli Lebrun sous mes yeux alors que je t'avais instamment demandé d'arrêter.

Antoine lâcha le morceau :

— Il a insulté mon père. Il a dit que c'était un bandit et un taulard.

Serge respira profondément, il connaissait la rumeur. Il se dit que le gamin avait voulu défendre l'honneur de son père. Antoine n'osait pas aller plus loin, expulser toutes ses pensées qui se bousculaient dans son crâne :

— Et en plus, c'est vrai qu'il est allé en prison ! Mais moi, je l'aime ce petit père-là. Il veut que je sois heureux, que je réussisse, je le sais. Il fait plein de trucs bien pour moi. Il me donne tout ce qu'il a. Il se met en colère très fort, il me tabasse comme « une brute épaisse » mais je n'arrive pas à lui en vouloir. Je ne peux pas laisser les autres dire du mal de lui. Il n'a pas l'habitude des enfants. Il a dû croire que j'étais un adulte comme ses gars ; il les frappe aussi ses gars. Je crois que c'est un bagarreur. Il n'a pas été beaucoup à l'école, voilà tout ! Moi, il ne voudrait pas me faire du mal. Il veut juste que je sois un bon élève et un bon fils. En fait, nous, on est comme Jésus, on pardonne tout ; lui, il mc pardonne d'avoir eu une mauvaise conduite à l'école et moi, je lui pardonne de m'avoir rossé.

Rouvillois le sortit de ses réflexions :
— Tu veux être un bon élève ?
— Je travaille bien, pas vrai ?
— C'est vrai, tu as une belle écriture, tu lis déjà des phrases, tu as une bonne mémoire et tu comptes comme un banquier. Mais, Antoine, ta conduite est épouvantable.

Antoine exprima une forme d'impuissance devant ce constat.

— Est-ce que Monsieur Antoine Delhomme pourrait prendre quelques engagements pour améliorer sa conduite ?

Antoine comprit que Monsieur Rouvillois attendait des preuves de bonne volonté. Il hasarda :
— Je m'engage à moins me battre.
— « À ne pas me battre », c'est trop ?
— Oui je crois bien que c'est trop.

L'instituteur secoua la tête.
— Je m'engage à respecter les consignes.
— Oui, soupira le maître.
— Je m'engage à ne pas toujours faire des mauvais tours.
— Juste de temps en temps, c'est ça ?

L'enfant eut une expression comique. Il avait voulu tempérer ses ambitions par un certain réalisme.

— Allez va ! Et n'oublie pas pour ce soir ?

— Vraiment c'est trop exagéré de m'imposer ça en plus !

De nouveau, Monsieur Rouvillois ne put réfréner un profond soupir.

9

Marie avait tenu bon. Elle avait rompu toute communication avec Jean. Elle lui en voulait terriblement. Sa déception était profonde. Elle avait constaté, avec l'arrivée d'Antoine, une transformation. Comme si Antoine était venu pour révéler l'humanité, la piété, la douceur de son gorille de patron. Tout ce qu'elle devinait en lui mais qu'il cachait sous une épaisse couche de brusquerie, de forfanterie et d'orgueil, toute cette beauté intérieure s'était trouvée miraculeusement mise au jour. C'est pourquoi la scène de violence de ce lundi soir lui causait un si violent tourment. Elle avait rêvé, s'était bercée d'une douce illusion.

Ils ne se causaient pas beaucoup d'ordinaire. Pourtant le silence qu'elle installa entre eux envahit toute la maisonnée. Il créait une sourde tension. Antoine espérait que dimanche sonnerait l'heure de la trêve. Au petit-déjeuner, il tenta une approche :

— Tu sais, Marie, j'ai plus mal du tout.

Jean avait déjà quitté la salle à manger et on l'apercevait par l'embrasure de la porte, installé dans son fauteuil, plongé dans l'écoute des variations Goldberg de Bach par Glenn Gould.

— Tu devrais lui reparler. De toute façon, tu es obligée de lui pardonner avant d'aller à l'église.

Elle maugréa :

— Tu as raison. Cependant, tu m'empêcheras quand même pas de penser qu'il est insupportable !

Antoine lui fit les yeux doux pour l'apaiser. Il alla se blottir sur les genoux de Jean. Il murmura :

— Papa.

La journée prit un chemin de volupté. Dans l'après-midi, Jean attira le môme dans son bureau, une pièce où Antoine n'allait presque jamais. Il ouvrit le grand tiroir :

— C'est ma vie d'avant.

Il sortit une photo sur laquelle posaient une mère et deux enfants :

— une très belle femme, le regard déterminé, les cheveux au carré, elle esquissait un petit sourire mais semblait triste,

— une fillette, elle devait avoir l'âge d'Antoine, elle était brune aux yeux bleus, l'air espiègle mi-ange, mi-démon,

— un garçonnet, plus jeune, trois ans, il souriait et ses mèches blondes bouclées lui faisaient un visage de chérubin.

— Tu vois, c'était ma femme et mes enfants. Je les ai perdus, ils m'ont quitté. À cause de ma vie de bandit... D'abord trois ans de prison.

Juliette, ma femme – il la montrait sur la photo – elle venait me voir toutes les semaines. Elle a dû s'occuper des petits, toute seule. Quand je me suis fait arrêter, c'était en 1949, Isabelle avait 3 ans et Michel un mois. Elle croyait qu'après ça, j'allais changer. Elle croyait qu'en sortant du trou, j'aurais compris et que j'allais lui offrir une vie tranquille, modeste mais honnête. Mais j'ai continué et elle est partie. Juste après les photos, six mois après ma sortie de cabane et six mois avant que j'y retourne. La prison, c'est terrible petiot. Il faut jamais y aller. Si t'es bon, ça te rend mauvais et si t'es mauvais, ça te rend encore plus mauvais.

Il se souvenait de ce jour où elle l'avait quitté, le jour des photos.

— C'est plus possible, Gabriel !

Il s'appelait déjà Jean mais elle préférait dire Gabriel, comme les gens de sa jeunesse, comme quand elle l'avait rencontré.

— Je ne veux pas continuer ainsi. C'est trop pour moi. Vivre dans le mensonge, dans le secret, puis dans l'attente et la honte. Je veux vivre au grand jour et à plein temps. Je désire offrir une vie normale à mes enfants. Pourquoi tu ne laisses pas tomber ? On n'a pas besoin d'être riches.

— Ce n'est pas ça, il avait bredouillé.

— Je sais. Tu es possédé, tu n'es plus toi-même Gabriel. Tu es dévoré par ton envie d'être le roi de la pègre. Tu crois que c'est glorieux ? Le patron ! Le patron de quoi ? Le patron de ceux qui n'ont pas réussi à se trouver une place dans la société. Que des ratés ! Et toi aussi !

Elle sortait tout ce qu'elle avait sur le cœur. Elle espérait encore le faire réagir, elle croyait en un ultime sursaut…

— Monsieur aspire à être reconnu. Il aime qu'on le craigne. Il veut impressionner. C'est ça, hein ? Tu cherches à épater la galerie et ça te rend fou ! Réveille-toi ! Tu as vraiment envie de replonger ? Ça ne t'a pas suffi trois ans ? Tu en redemandes ? L'enfermement, l'absence de vie privée et d'intimité, les humiliations, les coups, les punitions, tu aimes ça ? Ouvre les yeux ! C'est ce qui t'attend : un an à mener la grande vie, puis trois ans pour pleurer ! Dans ta folie, plus rien ne compte, en dehors de tes combines. Ni ta femme, ni tes enfants. Et moi, je ne reconnais plus le Gabriel que j'ai aimé, qui était beau et débordant d'amour. Je ne supporte plus… je ne supporte plus ce que tu es devenu. Je vais te quitter Gabriel. Je suis venue te dire que je te quitte.

Elle l'avait alors regardé, et, malgré ses paroles, celui qu'elle voyait, c'était toujours l'homme qu'elle avait aimé et qu'elle continuait d'aimer. Avec son air d'éternel guerrier qui se croyait invincible alors qu'elle le voyait désarmé, impuissant, colosse aux pieds d'argile. Elle l'avait embrassé. Amoureusement. Une dernière fois. Elle avait demandé aux enfants de lui dire au-revoir. Il les avait pressés contre son cœur. Il n'avait rien fait pour les retenir. Il avait accepté, résigné, de voir partir ceux qui le raccordaient encore à la possibilité du bonheur. Il réussit à garder les yeux secs. Comme un dur. Ils avaient divorcé peu après.

Antoine scrutait la photo, espérant y trouver le secret pour vider la tristesse du cœur de son père. Il plongea la main dans le tiroir. Jean le laissa fouiller. Il avait conservé des articles de journaux que le petit exhuma. Les articles relataient son arrestation. L'un d'eux le montrait même menottes aux poignets, une tête de défaite, il portait un titre choc qu'Antoine déchiffra : « le caïd de Clichy enfin derrière les barreaux ». Un autre titrait : « la dégringolade d'un ancien héros de la Résistance ».

— C'est quoi un héros de la Résistance ?

— C'est un type qui a défendu son pays pendant l'occupation allemande.

Marie les avait rejoints, elle était émue. Elle avait totalement passé l'éponge et avait remobilisé sa théorie sur les bienfaits du gamin sur le boss. Elle se mêla donc à la conversation.

— Un héros de la Résistance, c'est un type qui a eu beaucoup de courage, c'est un type qui a risqué sa vie pour notre liberté. C'est un type dont le fils doit être très fier.

Jean rangea le tiroir.

— Ta gueule, Marie !

Antoine était très fier de son héros de la Résistance.

10

Le père Joumier avait évoqué la possibilité qu'Antoine ne fût pas baptisé :

— Autrefois, les enfants trouvés étaient systématiquement placés sous la protection du Seigneur mais aujourd'hui, on n'a plus guère le souci de leur salut.

Jean voulait régulariser la situation.

— Tu sais si tu es baptisé, petiot ?

— Non, j'en sais rien.

— C'est embêtant. Dans le doute, il vaut mieux qu'on te fasse baptiser.

Jean avait donc décidé d'entreprendre le curé pour que soit organisé rapidement le baptême. Le père Joumier était un géant, il devait mesurer près de deux mètres. Il étudiait ses interlocuteurs comme s'il avait le pouvoir de lire dans leur âme. Il parlait très vite et ponctuait ses phrases d'un « n'est pas ? » qui pouvait rapidement vous exaspérer. Il connaissait bien Jean, son passé, ses tourments, sa culpabilité autoalimentée par sa persévérance dans l'erreur. Il était au courant du caractère peu recommandable des affaires que Delhomme gérait à Paris. Néanmoins, il savait aussi sa foi sincère.

— Il fera son catéchisme dès la rentrée prochaine, n'est pas ? Il faut qu'il continue à venir à la messe tous les dimanches, n'est pas ? Je voudrais aussi le voir à confesse. Et je compte sur vous pour lui donner une bonne éducation religieuse, n'est pas ?

Cette dernière recommandation n'était pas dénuée d'insinuations. Jean ne releva pas l'intention.

— Vous pouvez compter sur moi, mon père. Je m'y engage, je m'y attacherai absolument.

Le baptême fut célébré à Pâques. Le petit Gérard qui n'était pas très pratiquant mais vouait, comme son patron, une forte dévotion à la Vierge Marie fut choisi comme parrain. La bande comptait deux dénommés Gérard. Pour les distinguer, on les appelait « petit Gérard » et « Gégé ». Petit Gérard détestait. Il n'était pas de petite taille mais menu, fluet et les traits de son visage étaient finement dessinés. Tout le contraire de Gégé, une armoire à glace avec une face de bulldog. Comme on appelait l'autre « Gégé », on n'avait pas besoin, pour lui, de préciser « petit » devant Gérard. Pourtant, on le faisait quand même. Ça l'énervait. Jean lui proposait, histoire de le contrarier encore plus :

— Tu as deux solutions : soit tu engraisses comme un cochon et on t'appellera « gros Gérard », ce qui est nettement plus bath. Soit tu deviens costaud et tu casses la gueule au premier qui se permet de dire « petit ».

Le choix de Marie comme marraine allait de soi.

On vit beaucoup plus de monde au repas qu'à la célébration. Jean avait invité tous ses amis et organisé un gueuleton mémorable qui débuta à 13 heures 30 et se termina à 3 heures du matin.

11

Marie s'était absentée deux jours, pour rendre visite à sa sœur, en Belgique. Quand elle prenait des congés, les hommes consommaient moins élaboré et plus arrosé. Il y avait du monde à la maison ce soir-là. Georges était arrivé le premier, comme d'habitude. Il gara sa voiture au fond de la cour. Il était accompagné de deux algériens devenus des familiers depuis deux ou trois mois, Rachid et Brahim. Ensuite, ce fut le tour de Gégé et du Bègue, des fidèles. Salami arriva dix minutes après. Antoine ne l'appréciait pas beaucoup celui-là, il s'échauffait constamment et avait une tronche à faire peur. Petit Gérard s'amena tout seul, à bicyclette. Il n'eut pas besoin de refermer la porte derrière lui car Pablo, un tout jeune espagnol qui souriait tout le temps, sans se soucier de ses dents cassées, le talonnait. Robert et le polak étaient en retard, ce qui leur valut une vive engueulade de Jean.

— Bon, tout le monde est là maintenant ? Antoine, tu lambines pas, s'il-te-plaît ! Tu files en haut !

— Pourquoi je peux pas rester un peu ?

— Tu discutes pas !

Antoine salua la compagnie et monta en traînant les pieds. Il se plongea dans la lecture de la saga du prince Éric que lui avait prêté Serge. Il s'endormit avec le livre dans les mains.

En bas, la discussion était enflammée. Brahim allait prendre la parole, après une interminable intervention du bègue, quand le bruit des sirènes de police se fit entendre. L'algérien était recherché et ne pouvait pas courir de risque : il détala vers le salon pour s'enfuir par une fenêtre donnant sur l'arrière de la maison. Jean planqua les documents dans une cache sous les lames de parquet. On tambourinait à la porte. Il alla ouvrir, les autres restaient dans la salle à manger, prenant des poses d'innocents.

— Tout le monde face au mur ! Armes à terre ! Mains sur la tête ! gueula un des policiers, un chauve aux gestes rapides et précis.

Il avait saisi Jean par le col et le poussait vers la pièce où étaient rassemblés tous les autres. Tous les gars savaient que Jean ne supporterait pas d'être traité d'une telle manière. On redoutait sa réaction. Les flics les braquaient, ils étaient tous armés. Jean regimba avec modération :

— J'espère que vous avez de bonnes raisons pour traiter aussi sauvagement les braves gens.

Un jeunot à moustache revenait avec Brahim comme prise de guerre.

— Les braves gens, ça s'enfuit pas par la fenêtre quand la police arrive, riposta le chauve.

Et puis, t'as intérêt à te tenir à carreau, Delhomme ! C'est mieux pour tout le monde.

Jean avait rejoint les autres, face au mur du fond. Les policiers commençaient à fouiller partout, vidant les étagères, ouvrant les tiroirs, retournant les tapis. Jean refit face au chauve qui dirigeait l'opération :

— Vous avez un mandat de perquisition ?

L'autre sortit un document de la poche de son imperméable et le fourra sous le nez de Jean :

— C'est bon là ? Maintenant tu retournes gentiment avec les autres.

— Si tu me disais ce que tu cherches, on irait plus vite.

— Fais pas le malin, Delhomme ! Range-toi !

Il le poussa de nouveau, sans ménagement. L'autre se dégagea d'un coup d'épaule mais, se ravisant, il se replaça face au mur.

— Tu veux que je t'inculpe pour rébellion et outrage à agent ?

— Ta gueule, mec !

À peine avait-il prononcé ces mots qu'il en envisagea les conséquences et regrettait son impulsivité. Il risquait les problèmes pour de la pure forfanterie et un esprit embrasé par le whisky. L'autre allait sévir pour de bon quand, surgi de l'étage, affolé, le petit Antoine dévalait les escaliers et criait à travers la pièce :

— Qu'est-ce qui se passe, papa ?

Il s'accrocha à son père, paniqué de le voir en si mauvaise posture. Les policiers venaient le chercher pour le remettre en prison, il en était sûr ! Antoine irait avec lui, il ne le lâcherait pas. Le gamin avait les yeux pleins de sommeil, il était à peine réveillé, pieds nus et en sous-vêtements.

Les poulets restaient tout ébahis, cette irruption leur semblait totalement surréaliste.

— Qu'est-ce que c'est que ça, Delhomme ? D'où il sort ce môme ?

— C'est mon fils ! Tu le touches pas !

— Un enfant dans ta petite vie poisseuse de crapule ! C'est pas une bonne idée ça, mon vieux ! Surtout que là, tu m'as salement indisposé. Alors on t'embarque et on embarque tout ce joli monde. On va les cuisiner tranquillement à la maison.

Ils menottèrent tous les gars et les conduisirent vers le fourgon. Salami tenta de résister et se prit une torgnole qui le propulsa dans le car de police. Le chef essayait de repousser Antoine pour embarquer Delhomme mais le garçon ne se laissait pas faire. Il criait, mordait, se débattait.

— Tu veux aussi faire un tour au poste ? Eh bien, tu as deux minutes pour t'habiller. Alors dépêche-toi !

Jean réagit :

— Vous êtes fou ? Vous allez pas emmener un gosse de sept ans, comme ça, en pleine nuit ?

— On va vérifier qui il est. On lui fera un mot d'excuses pour l'école demain. Allez, tu te tiens sage, maintenant Delhomme ! Va t'installer dans le panier à salade ! Le petit va te rejoindre.

12

Jean avait subi plusieurs interrogatoires, il était accusé d'avoir introduit en France une grande quantité d'héroïne, de cocaïne et de marijuana. Il avait pu justifier de son emploi du temps sur Paris, au moment des faits reprochés qui se déroulaient en Suisse.

— Pourquoi il y avait ton nom dans la liste ?
— J'en sais rien, moi. Il avait dû penser à moi parce que je suis doué, efficace, j'ai bonne réputation… Mais t'as bien vu que ça colle pas. Je pouvais pas être hier, à midi, à Genève puisque je déjeunais aux Trois canards, à Pigalle et que j'ai dix témoins. Je pouvais pas non plus y être à 15 heures puisqu'on m'a vu à Wagram et que j'ai même un reçu. Alors tu dois bien reconnaitre que tu t'es gouré et tu me relâches ainsi que tous mes petits camarades.

— Tu sais bien que j'ai mille raisons pour te coffrer : proxénétisme, trafic de cigarettes et ton bizness, rue Blondel.

— Tu bluffes ! Tu nous as gardés une nuit pour rien. Tu as terrorisé mon fils…

— Ah oui, ton fils ! J'oubliais. Antoine Michel, enfant de la DASS. Il a déjà de belles casseroles, ce mioche-là, tiens ! Tu sais qu'il a mis le feu, chez sa famille d'accueil ? Vous vous cherchiez, vous vous êtes trouvés ! Tu crois qu'on va te confier un enfant en grandes difficultés, à toi ? Tu crois que tu peux faire un bon père adoptif ?

Jean qui baissait la tête, plus accablé par la fatigue que par la leçon de morale de l'inspecteur de police, se redressa et le fixa :

— Oui, je crois !

Delhomme était rentré seul à la maison, en taxi. On l'avait relâché. Seul Brahim s'en sortait mal. Saloperies de cognes ! Le plus terrible, c'était quand même qu'ils avaient envoyé Antoine auprès du juge pour les enfants. Finalement, c'était le petit qui trinquait. Marie ne rentrait que le lendemain. Jean prit le chemin de l'école. Il avait décidé de parler à Rouvillois. L'instituteur était un brave homme qui se démenait pour ses élèves en général et pour Antoine, en particulier. Le gamin passait une heure avec lui tous les soirs, après les cours. Jean le payait pour ce cours particulier depuis la bagarre avec Lebrun. Il était prévu que cette heure d'étude soit consacrée à un accompagnement aux devoirs et à l'apprentissage des leçons mais elle avait aussi, peu à peu, permis à l'enfant et au maître de nouer une complicité aux vertus efficaces sur le comportement d'Antoine.

Jean arrivait juste au moment où Serge refermait la grille après sa journée de travail. Il accueillit le père de son protégé avec un empressement amical. Il pensait que son élève était souffrant et que Jean venait excuser son absence de la journée. Il supputait que la maladie ne devait pas être très grave car la veille, Antoine bondissait encore tel un cabri et débordait de vitalité.

— Bonsoir Delhomme.
— Bonsoir Monsieur l'instituteur.

La grise mine de son visiteur ne laissait pas d'inquiéter Serge.

— Antoine ne va pas bien ?
— Il faut que je vous parle.
— Venez chez moi, on pourra causer tranquille.

Il l'invita à s'asseoir à la table en formica à laquelle il prenait probablement ses repas avec sa mère.

— Antoine n'est pas mon fils.

L'instituteur ne reçut pas cet aveu comme une révélation. Il songea :

— Il n'était pas votre fils. Il l'est devenu.
— Il est arrivé chez moi, il fuyait un foyer, des familles d'accueil peu aimantes. Je l'ai accueilli et je crois bien qu'à défaut d'être un bon père, j'étais le père qu'il lui fallait.

Serge sourit pour acquiescer et pour l'encourager.

— Comme vous le savez, j'ai eu quelques démêlées avec la justice et je resterai toute ma vie un type suspect pour la police.

Serge soupira pour marquer sa réprobation vis-à-vis d'un système qui dénie aux gens la capacité de se racheter. Qu'on relise l'œuvre de Dostoïevski ! Jean se garda bien de lui préciser qu'il n'était pas tout à fait rentré dans le droit chemin, l'instituteur avait déjà peine à croire qu'il avait devant lui un repris de justice.

— Hier soir, la police est venue chez moi. Ils avaient déployé les grands moyens. Si ma maison n'était pas isolée, tout le village serait au courant. Ils étaient sur une grosse affaire de trafic de drogue. Mon nom figurait sur une liste trouvée chez un trafiquant et plusieurs pistes menaient à moi. Pourquoi ? Je n'en sais fichtrement rien parce que je peux vous garantir que je n'ai rien à voir avec ces sinistres affaires. Vous pouvez m'en croire, je suis complètement en dehors de tout cela. Toujours est-il qu'ils ont embarqué tout le monde. J'avais pas mal d'invités. Ils ont tous fini au poste. Et le petiot aussi !

— La police a emmené Antoine ?

— Oui ! Et ce matin, ils l'ont donné au juge pour enfants.

Il avait prononcé « donné » dans le sens d'une dénonciation, d'une trahison.

— Ils pensent que je ne peux pas être un père adoptif honorable. Ils vont pas me le rendre. Et lui, il va être malheureux à mourir. Ça me fait peur.

— Je te propose qu'on aille le chercher, Jean.

Il se mit à le tutoyer sans s'en rendre compte, dans le feu de l'action, avec l'affection qui lui était monté au cœur en l'écoutant et en le regardant.

— Tu sais où on le trouve ce juge ?

Delhomme n'en avait aucune idée. Il avait entendu son nom : le juge Fournier mais rien de plus. Il fut aisé de trouver ses coordonnées dans l'annuaire téléphonique.

— Tu as une voiture, Jean ?

— Oui.

— Alors, on va y aller.

— Il faudrait peut-être le prévenir avant, non ?

— Tu as raison !

— Appelle, toi ! Un maître d'école, ça inspire toujours confiance. Surtout à un juge pour enfants.

L'instituteur composa le numéro de Fournier :

— Bonsoir, Monsieur le juge. Pardonnez-moi de vous déranger, je suis Monsieur Rouvillois, l'instituteur d'Antoine Delhomme.

Jean n'entendait pas les réponses du juge.

— Je suis avec Monsieur Delhomme. Nous voudrions passer vous voir. Nous voudrions vous parler d'Antoine.

Jean tonnait en chuchotant néanmoins :

-Nous voudrions récupérer Antoine !

Serge lui fit signe de se taire, ce n'était pas le moment. Il poursuivit :

— Nous ne serons pas longs. On vient en voiture. Nous serons là dans une heure tout au plus. C'est important. À tout de suite, Monsieur le juge.

Il raccrocha.

— Allez, viens, Delhomme !

Il annonça d'une voix forte, à destination de la pièce voisine :

— Maman, j'accompagne le père d'Antoine. On va chercher le petit chez le juge.

13

Dans le fourgon, Antoine n'était pas assis, à côté de son père. Il se demandait comment il ferait pour empêcher qu'on ne les sépare. Il lançait des regards de détresse en direction de Jean. Questions muettes : pourquoi ils nous emmènent ? Tu vas aller en prison ? Et moi ? Ils vont faire quoi de moi ? Jean lui renvoyait un pauvre sourire dans lequel il essayait de concentrer tout ce que son être pouvait exprimer de rassurant. Avec ces deux mains menottées, il fit un signe de croix. Ce geste inattendu surprit le jeune policier moustachu auquel on avait confié la garde des prisonniers pendant le trajet. En un éclair, il dégaina son arme. Jean secoua la tête avec accablement. Antoine avait compris qu'il l'invitait à chercher secours dans la prière. Il se concentra sur Jésus :

— Ne nous abandonne pas, ne nous sépare pas !

À l'arrivée, on les sépara.

— Je veux rester avec mon père !

— Le lion dans sa cage ! Toi, tu as droit à un lit dans une chambre. Tu dors là !

Il désignait une petite pièce dans laquelle on avait installé deux lits, sans doute pour que les policiers puissent se reposer.

— Demain, quand on va libérer Delhomme, on te ramènera chez toi. Chez vous, quoi !

Il imaginait que ce genre de promesse constituait le meilleur moyen de maintenir l'enfant tranquille.

— Vous nous relâchez demain ?

— C'est ça ! À condition que tu restes bien sage cette nuit et que tu dormes. Si jamais tu t'échappais, on garderait ton père en prison pour dix ans.

Il avait prononcé cette menace avec une pointe de sadisme, éprouvant un malsain plaisir à torturer le gamin. Antoine s'allongea sur le lit et attendit le matin, avec angoisse.

Quand il entendit la clé dans la serrure – ils l'avaient enfermé –, il se précipita hors du lit.

— On rentre à la maison ?

— Voilà !

Il ne se fit pas prier pour monter dans la voiture. Assez rapidement cependant, la panique s'empara, à nouveau, de lui. Il constatait que l'on restait dans Paris, ce qui n'était pas normal et les hommes prononcèrent le nom de Fournier.

— On va où ? Vous m'avez menti, vous m'avez trahi !

Il essaya d'ouvrir la portière de la voiture. Une main ferme l'arrêta.

Peu après, il se retrouvait face au juge, son juge, Fournier qui le suivait depuis le début.

— Ben mon gaillard, tu m'as donné du souci ! Des mois que je te cherche !

Antoine se sentait terriblement vexé de s'être laissé piéger. Il adopta une attitude de défiance, en même temps qu'il cherchait comment s'enfuir.

— Vous aviez pas besoin de me chercher. Je me suis débrouillé tout seul. Je me suis trouvé une famille, tout seul.

— Ah oui ! Jean Delhomme, c'est lui ta famille ? Tu sais qui c'est ?

— Oui, c'est un monsieur très bien. Il s'occupe très bien de moi.

— Bien sûr ! Et c'est pour ça que je te retrouve dans un poste de police ?

Le gamin lui jeta un regard noir.

— Bon, assieds-toi ! Tu n'as pas faim ?

— Non, mentit Antoine qui n'avait rien mangé depuis la veille au soir.

— Mauricette, pourriez-vous aller m'acheter deux jambon-beurre ? Allez Antoine, bois un verre d'eau et raconte moi un peu tout ce que je dois savoir.

Il prit l'eau.

— Je veux rester avec Monsieur Delhomme. C'est mon père maintenant et pour toujours.

— Alors vas-y ! Cause-moi de lui ! Comment il s'occupe de toi ?

— Il me donne bien à manger. Des très bonnes choses. Il veut que je travaille bien à l'école. Il m'a fabriqué un garage en bois, un garage pour réparer les voitures. Il l'a construit lui-même et on l'a peint. Il a plein de détails, comme un vrai, avec la pompe à essence, le charriot élévateur, un garagiste. C'est pour jouer avec mes copains mais mon père aussi joue avec moi. On joue aux petites voitures, on fait des accidents, on fait des courses aussi.

Il rappelait à lui tous les moments passés avec Jean depuis son arrivée. Il fallait défendre la cause de son père.

— Le dimanche, souvent on se promène en forêt ou au bord de l'eau. Il me raconte des histoires. Il me dit d'être poli, obéissant, d'aider les autres, de donner aux pauvres. Il m'apprend à être un bon chrétien…

Fournier faillit s'étrangler. Antoine remarqua sa stupéfaction.

— Oui, on va à la messe tous les dimanches. J'ai été baptisé. Ma marraine, c'est Marie et mon parrain, petit Gérard. Moi j'aimerais que tout continue comme ça.

Le juge lui tendit de quoi écrire.

— Comme tu travailles bien à l'école, tu vas m'écrire quelque chose pour me montrer.

Antoine prit la plume.

— J'écris quoi ?

— Tiens, tu n'as qu'à écrire une bêtise que tu as commise !

Il s'appliqua pour prouver ce qu'il venait de déclarer et traça de sa plus belle écriture, avec des pleins et des déliés parfaits : « Je me bagarre trop souvent. Mieux vaut se servir de la parole que de ses poings. » Il avait dû écrire ces phrases en punition à l'école et se souvenait bien des deux « r » à « bagarre » et du « g » à « poing ». Fournier le félicita.

— Je te félicite pour ton écriture. Pas pour ce que tu as écrit.

— Vous m'aviez demandé une bêtise, s'indigna Antoine.

— Oui c'est juste. Mais la bagarre…

— Vous savez, Monsieur Delhomme, quand il était petit, il devait être comme moi, se bagarrer, désobéir, voler, mentir. Sauf que lui il a continué de faire des bêtises quand il est devenu grand. Il voudrait que ce soit pas pareil pour moi. Comme je lui ressemble, il sait comment m'empêcher de prendre le mauvais chemin.

Fournier pensait que le gamin n'avait pas tort. Mauricette apportait les sandwichs.

— Antoine, on ne peut pas choisir son père comme ça. Il faut être adopté. Monsieur Delhomme ne remplit pas les conditions pour adopter.

— C'est pas grave, il n'a qu'à être ma famille d'accueil avec Marie. Il n'est pas pire que Monsieur et Madame Cordier.

— Monsieur et Madame Cordier n'avaient pas dévalisé une banque, ils n'étaient pas allés en prison.

— Allez, Monsieur le juge ! Vous allez tout arranger ! Je vous en supplie.

Antoine se jeta à genoux devant lui. Une grande lassitude envahit Fournier. Une irrépressible envie de tout abandonner. Il releva Antoine, prit les mains du gosse dans les siennes, en forme de réconfort impuissant.

— Antoine, on va aller voir la psychologue. Puis je t'emmènerai à Belmont…

— Non, hurla-t-il, non !

Il se tordit en deux, comme brisé par la douleur.

— Petit, écoute-moi !

— J'irai pas dans votre Belmont ! Jamais je retournerai là-bas ! Laissez-moi ! Si vous me ramenez dans cet horrible endroit, j'y mettrai le feu !

De nouveau, il le souleva pour le redresser et il le maintint face à lui. Antoine cessa de crier.

— Stop ! Tu m'écoutes ! Pas de chantage ! Si j'étais toi j'éviterais de parler de mettre le feu. Tu vas rester à Belmont pour attendre Monsieur

Delhomme. Il viendra ce soir ou demain au plus tard...

— C'est pas vrai ! Vous mentez ! Vous mentez ! Vous mentez ! Comme les policiers. Vous allez m'enfermer et je reverrai plus jamais mon père.

Il braillait de plus belle.

— Antoine, j'ai dit stop ! Je te promets que c'est vrai, tu reverras Delhomme dès que je mets la main sur lui.

14

Jean et Serge arrivèrent au bureau de Fournier vers 19 heures. Il avait conduit Antoine chez la psychologue. Celle-ci n'en revenait pas de l'amélioration spectaculaire de l'état psychique de l'enfant, elle conclut sur l'effet très bénéfique de son changement de vie. Le juge déposa ensuite Antoine au centre Belmont. Il revint au bureau où il reçut encore un petit délinquant, puis une mère dépassée et enfin un jeune éducateur qui éprouvait les plus grandes difficultés à maintenir une distance avec les gamins dont il avait la charge. Fournier ne connaissait que trop cette pente. Il était épuisé lorsque Mauricette lui annonça ces deux nouveaux visiteurs.

— Alors vous voilà ! Asseyez-vous Messieurs. Messieurs Delhomme et … ? S'enquit-il.

— Rouvillois. C'est moi qui vous ai eu au téléphone. Je suis l'instituteur.

— Ah oui, l'instituteur. Vous faites du bon boulot, mon vieux.

Il sortit la feuille sur laquelle Antoine avait écrit quelques heures plus tôt. Serge sourit :

— C'est un excellent élève.
— Un peu turbulent, non ?
— Il s'améliore.
— Je vois.

Fournier scrutait Delhomme. Il voulait en percer les mystères. Il avait devant lui un homme qui se contenait manifestement et jouait la carte de l'humilité pour tenter de s'assurer les bonnes grâces du juge. Il choisit de le rudoyer un peu.

— Alors, Monsieur Jean Delhomme, dit l'Archange, dit Gabriel... mais, ça c'était à la grande époque, celle où vous aviez choisi l'honneur, la justice, la Résistance. Maintenant, comment vous appelle-t-on ? Le boss ? Le patron ? Le caïd ? C'est ça ?

Jean ignora la question.

— Je viens vous demander de récupérer Antoine. Il est bien avec moi.

— Je sais cela, figurez-vous. Je sais qu'il est bien chez vous. Mais si vous voulez qu'on accepte de vous confier un enfant, un enfant en grande difficulté, un enfant qui, à sept ans, a déjà un passé bien chargé, si vous voulez l'élever, l'éduquer, l'amener à l'âge d'homme, il vous faut nous fournir quelques gages d'honorabilité, mon ami.

Serge intervint :

— Moi, je réponds de son honorabilité. Jean est bon et il veille à la bonne éducation de cet enfant.

— Ça aussi, je le crois, cher Monsieur. Toujours est-il que s'il veille à la bonne éducation d'Antoine, en vivant dangereusement, en ayant des activités qui chaque jour l'exposent au retour à la case prison, à quoi ça sert ? On fait quoi du petit quand Monsieur va tomber, hein ?

— Ça fait plus de cinq ans que je suis sorti. Depuis, je suis rangé…

Fournier le coupa :

— Arrêtez votre baratin ! Pas à moi ! J'ai vu votre dossier. Ne me prenez pas pour un con ! On vous laisse tranquille pour le moment jusqu'au jour où clac ! Fini.

— Je fais plus grand-chose…

— Bon, soupira Fournier, je crois qu'on n'ira pas plus loin, n'est-ce pas ?

Les deux compères ne comprenaient pas ce qu'il voulait exprimer. Le juge les observa : Delhomme, bon cœur, sans doute, mais qui avait mal tourné, qui avait fait de mauvais choix dont il était devenu prisonnier. Il devait avoir quarante ans maintenant. Il en imposait avec sa belle gueule de séducteur et sa carrure de lutteur. Son autorité naturelle éclatait dès qu'il paraissait sans même qu'il ait besoin d'ouvrir la bouche. Même dans le rôle de quémandeur obligé de subir les critiques et de se justifier, il gardait une prestance qui impressionnait. Pourtant il laissait deviner ses blessures, ses tourments et son immense sentiment de culpabilité et malgré ses manières rudes, il inspirait bien plus la tendresse que la crainte.

Rouvillois, un type droit. Plus jeune, la petite trentaine. L'ami idéal, celui qui vous soutient en toutes circonstances, transparent, réfléchi. On pouvait aisément imaginer qu'il vivait son boulot comme un sacerdoce et aussi qu'il péchait facilement par excès de naïveté. Fournier se dit que c'était bien une veine de le trouver aux côtés des deux autres oiseaux, le petit et le grand.

— Vous savez ce qu'il m'a dit votre môme, Delhomme ?

Jean entendit « votre » môme et ses yeux s'allumèrent.

— Il a dit : « Comme je lui ressemble, il sais comment m'empêcher de prendre les mauvais chemins qu'il a pris. »

— Il a de belles paroles, mon petiot.

— Oui il a de belles paroles. Je ne suis pas bien certain qu'il ait raison. Il a l'air de tellement y croire que l'on va essayer de faire pareil…

Le juge n'avait pas le cœur à tenter d'envisager une autre solution. Il les ferait suivre de près. Il les garderait à l'œil.

À Belmont, Fournier souffla à Rouvillois :

— Je compte sur vous, mon vieux ! Il va falloir les surveiller tous les deux. Vous vous êtes collé cette mission sur le dos. Maintenant vous allez devoir assumer.

Antoine sauta au cou de Jean. Il avait attendu, immobile, depuis son arrivée au centre. Il avait cru qu'il allait s'éteindre doucement. Quand Jean, Serge et le juge arrivèrent, il ressuscita. Il les embrassa tous les trois. Il remercia le juge et s'excusa de ne pas lui avoir fait confiance.

Jean invita Serge à boire le champagne pour fêter le retour de son fils. Ils burent beaucoup, ils rirent, ils se dirent des choses belles et définitives. Serge rentra tard. Sa mère l'attendait.

— Tu as ramené Antoine ?
— Oui maman.
— Je suis contente.

Delhomme, de son côté, passa une grande partie de la nuit à ranger le désordre causé par la fouille de la veille. Quand Marie rentra, tout était en place. Aucun signe du tumulte de ces deux jours. Elle découvrirait, par morceaux, les détails des évènements qui auraient bien pu faire basculer la vie de ses hommes et, par conséquent, la sienne aussi.

15

Antoine courait, bras étendus, visage tourné vers le ciel, recevant la pluie battante comme une douche purificatrice. Maurice et Hervé le suivaient. Ils n'étaient pas très emballés à l'idée de passer l'après-midi à construire la cabane, avec cette météo déchainée.

— On passe tout notre temps à cette foutue baraque.

— Tu verras quand ce sera fini, tu seras bien content. Ce sera notre maison à nous.

Ce n'était pas une de ces vulgaires cabanes d'un jour qui s'effondrent à la première bourrasque. Ils avaient creusé des fondations. Ils avaient fauché du matériel de pro et ils avaient œuvré des heures durant en terrassiers, charpentiers, menuisiers... Maintenant elle commençait à avoir de la gueule leur bicoque mais il ne fallait pas relâcher les efforts. Il n'y avait pas encore de toit, alors, pour protéger l'intérieur de trop de pluie, ils devaient couvrir leur ouvrage de branchages. Les autres étaient déjà sur place. Le jeudi était jour d'aventures. Parfois Antoine ne rentrait même pas déjeuner le midi tant il était absorbé par l'action. Marie le grondait mais n'en soufflait mot à Monsieur Jean de peur qu'il ne veuille correctionner le petit à sa manière.

— Et tes devoirs ? Tu les as faits au moins ?

— Bien obligé ! Je suis condamné tous les soirs aux travaux forcés. T'inquiète pas Marie ! Je suis en règle, Marie ! *Marie, Marie, écris-donc plus souvent ; Marie, Marie, au quatorze mille deux cents[1]*. Il chantait à tue-tête, cette chanson de Bécaud qu'il avait entendue à la radio.

— Elle est triste cette chanson ! grommela Marie.

Marie était très maternelle avec le gamin mais il ne l'appelait pas maman. Sans doute cela tenait-il à la relation d'employé à employeur qu'elle entretenait avec Delhomme. Elle aurait pu être sa mère ou sa grand-mère mais elle était Marie et c'était bien ainsi.

Les travaux de la cabane absorbaient tellement Antoine qu'il en avait fait le catéchisme buissonnier pendant plusieurs semaines. Le père Joumier l'avait rappelé à l'ordre dès le dimanche suivant la deuxième absence. Antoine s'était excusé, avait promis qu'il serait présent au prochain cours. Sa mission de bâtisseur avait eu raison de sa promesse. À la messe suivante, il s'était fait tout petit, il avait espéré ne pas croiser

---

[1] *Marie, Marie de Gilbert Bécaud (1959)*

le curé. Ce dernier était sincèrement déçu des absences du jeune Delhomme qui se révélait une excellente recrue. Le garçon apprenait bien son catéchisme et témoignait d'une ferveur religieuse rare. Il répondait volontiers aux questions et le prêtre le considérait comme un des éléments les plus prometteurs parmi ceux qu'il préparait à la première communion. La dévotion d'Antoine puisait avant tout sa source dans le désir de plaire à son père mais elle était bien réelle. Il était donc tout à fait navré et confus d'avoir séché plusieurs fois. Quand Joumier l'intercepta au sortir de l'église, il lâcha :

— Je suis désolé, je ne suis encore pas venu au catéchisme. En vérité, Dieu m'avait appelé à une autre mission.

Le curé fronça les sourcils.

— Et quel genre de mission, s'il te plaît ? Quel genre de mission Dieu a-t-il confié à un garnement qui manque trois fois le catéchisme dès la première année ?

Antoine répliqua, inspiré :

— Je construis une chapelle.

Joumier lui tira l'oreille :

— En attendant si tu ne reviens pas jeudi, je t'exclus du catéchisme, n'est pas ? Compris ?

Il se résigna donc à rependre le chemin de l'église avant celui des bois. Plus tard, quand le curé lui demanda des précisions sur cette histoire de chapelle, il préféra avouer que c'était une invention plutôt que de trahir le secret de la cabane.

16

Un soir, avant l'étude, Serge avait proposé à Antoine de venir prendre le goûter chez lui. Mme Rouvillois avait alors fait la connaissance de ce phénomène que son fils avait pris sous son aile. Frêle bonne-femme à la voix douce, Anne Rouvillois vivait clouée dans un fauteuil roulant. Elle vouait une admiration sans borne à son fils qui avait comblé tous ses espoirs en devenant maître d'école et qui lui témoignait son amour filial par une attention de chaque instant. Elle avait demandé à Antoine de lui faire la lecture. Puis, c'était devenu une habitude. Elle le félicitait, l'encourageait. Il prenait une page du livre de lecture à la suite de quoi elle lui posait des questions :

— Tu trouves qu'il a eu raison, le garçon de cette histoire ?

— Non, je trouve qu'il n'est pas très courageux.

— Toi, tu aurais agi comment ?

— Moi, je crois que je suis courageux. Vous pouvez demander à votre fils. Moi je me dénonce toujours si c'est moi le coupable. Je ne suis pas très sage, c'est certain mais pas lâche.

Elle poursuivait avec bonheur ce dialogue. Elle aimait sa franchise et sa spontanéité. Le temps du goûter et de la conversation avec maman Rouvillois s'étirait et il en restait de moins en moins pour les devoirs avec Rouvillois fils.

— Dis maman, s'il n'a pas fait ses exercices de calcul pour demain, que va dire son maître ?

Antoine n'osait pas interroger Madame Rouvillois sur les causes de son handicap bien qu'il se posât beaucoup de questions à ce sujet. Il en parla à Jean :

— Papa, pourquoi elle est dans un fauteuil la mère du maître ?

— Elle a du avoir une maladie, un problème au cœur ou au cerveau qui rend les jambes paralysées.

— C'est triste de ne plus pouvoir marcher !

— Oui petiot mais je crois que c'est une dame plutôt gaie.

— C'est vrai, elle est très gentille et très gaie.

Il s'approcha de son père et lui annonça sur un ton docte et protocolaire :

— Tu sais je me fabrique ma famille. Donc toi tu es mon père et comme le maître, c'est un peu comme ton frère, on pourrait dire qu'il est mon oncle. Alors Anne Rouvillois, c'est ma grand-mère.

— Donc ma mère ! s'amusa Jean.

Il ne prenait pas ces élucubrations très au sérieux et ne s'attendait pas à ce que le gamin poursuive la conversation sur la famille, en passant sur un registre plus grave.

— Pourquoi ils m'ont pas gardé, mes parents ? Pourquoi ils m'ont abandonné ?

C'était la première fois qu'il abordait ce sujet.

— Tu sais, petiot, je ne pense pas qu'on peut dire qu'ils t'ont abandonné. Déjà, je pense que ta mère, elle a dû se retrouver toute seule au moment de ta naissance. Souvent les hommes, ils font des bébés et ils ne le savent même pas. Ils partent et la femme se retrouve enceinte. Avec un bébé dans le ventre, elle doit se débrouiller toute seule. Si elle est pauvre, si elle est très jeune, elle se dit qu'elle n'a rien à donner à ce gosse qui va naître. Tu vois, elle se dit : si je le garde avec moi, il va mourir de faim, de froid. Alors elle va le porter à un endroit où elle sait qu'on lui portera secours, à son bébé. Elle fait ça pour que le bébé soit bien.

— Tu crois que mon père, il sait pas que je suis né et que ma mère, elle est très pauvre ?

— Oui je crois que ça s'est passé comme ça.

— Tu crois qu'elle est malheureuse ma mère ?

— Je pense qu'elle l'a été. Maintenant elle va peut-être mieux.

— Elle aimerait bien savoir que je suis vivant et en bonne santé.

— Sans doute.

— On pourrait la retrouver et toi, tu l'aiderais…

— Antoine, le juge Fournier a souvent parlé de ça avec toi, n'est-ce pas ? Et tu sais bien qu'on ne peut pas retrouver ta mère. On n'a pas de renseignements sur elle.

— Peut-être qu'il a pas bien cherché, le juge. Il n'a pas le temps, il a beaucoup d'enfants à s'occuper. Moi, je pourrais chercher.

— On n'a pas de renseignements sur elle. Rien, petiot. Il faut pas que tu te fasses des films là-dessus.

Antoine baissa la tête. Jean l'enlaça. Le petit le serra de toutes ses forces contre lui.

— Ta mère, on la retrouvera au paradis.

— Comment on va la reconnaître ?

— On va prier pour elle. Comme ça, Dieu saura qu'on l'aime et il nous la présentera tout de suite quand on arrivera au paradis.

— Toi, tu la verras avant moi, alors ?

— Ah oui ! Comme ça, je lui parlerai de toi. Je lui dirai que t'es un bon gars et ça lui fera très plaisir.

Antoine sourit. Cette perspective le réconforta. C'est dire si sa petite foi était déjà grande.

17

Aller à Paris était toujours une fête pour Antoine. Il y avait découvert le cinéma : *les aventures de Tom Pouce, Ben Hur, la Belle au bois dormant, Mon oncle, la vache et le prisonnier,...* Il y avait découvert les repas au restaurant, la chine aux Puces, les rendez-vous dans les bistros. Paris ouvrait surtout sur le monde de Jean. Dans le monde de Jean, il y avait Paula. Paula constituait la branche féminine de l'activité de Jean. Elle recevait Jean et Antoine dans un hôtel. Le môme trouvait que c'était très chic de vivre à l'hôtel. Paula parlait de ses filles. Une phrase revenait régulièrement dans sa conversation : « les temps sont durs, mon pauvre Jean ! » Jean lui apportait des fleurs, il lui prenait les mains, lui caressait le visage. Antoine lui demanda :

— Dis-moi, papa, tu serais pas amoureux de Paula ?

Jean s'esclaffa :

— Tu veux rire ? Elle bosse pour moi, c'est une de mes ouvrières

— En tout cas, tu es très gentil avec elle

— C'est qu'elle travaille bien

Cette explication ne convainquit pas Antoine. Il savait bien que les ouvrières ne vivaient pas à l'hôtel. Paula avait un tourne-disque. Elle mettait de la musique dans leur soirée.

Tout l'amour que j'ai pour toi, Est brulant comme un feu, Il est grand et plein d'éclat, C'est si bon d'être heureux...[2]

Elle prenait le petit par les épaules et l'entrainait dans la danse. Antoine adorait. Paula était très parfumée, elle portait des vêtements doux et légers. Quand il dansait avec elle, il avait l'impression qu'ils allaient s'envoler.

— La danse est très importante pour séduire les filles, Toinou – elle l'appelait Toinou –. Tu vois, ce gros ballot, il n'aime pas danser. Alors les filles, elles ne l'aiment pas.

Elle éclatait de rire et prenait la main de Jean qui s'envolait à son tour. Ils dansaient bien tous les deux.

Un soir, alors qu'ils avaient soupé ensemble, Paula dit à Antoine :

— C'est l'heure *des nuits du bout du monde* de Stéphane Pizella. Tu aimes cette émission, Toinou, n'est-ce pas ? Viens, je t'allume la radio.

Antoine s'installa à côté du poste, sans conviction. Il avait habituellement plaisir à écouter ces récits mais il était contrarié qu'on utilisât l'émission pour se débarrasser de lui. Jean

---

[2] *Tout l'amour de Dario Moreno (1959)*

et Paula s'éclipsèrent derrière la mince cloison qui séparait, en ce mini royaume, la partie chambre et la partie salle à manger – salon. Il entendit les petits gloussements de Paula. Dans la voiture, sur le chemin du retour vers la Ville du Bois, Antoine interrogea Jean :

— Est-ce que vous voulez faire un bébé ?

Jean lui envoya une claque.

18

Antoine venait de faire sa toilette et se regardait dans le miroir. Il ressortit de la salle de bain et courut se jeter dans les bras de Marie toute surprise. Il sanglotait.

— Marie, je suis laid comme un pou et méchant comme une teigne.

— C'est quoi ces idées stupides ? Tu es mignon comme un cœur mon chéri.

— Non, personne ne m'aimera jamais !

— Ben et moi ?

— Toi tu aimes tout le monde, ça compte pas.

Il semblait inconsolable.

— Et ton papa ?

— Il me déteste !

— Mais non, enfin, Toni !

Jean passa pour les chercher. Voyant Antoine en larmes, il le bouscula un peu :

— Eh oh, petiot, c'est pas fini ces comédies !

— Tu vois bien qu'il m'aime pas, Marie !

— Tu nous fais quoi, là, Antoine ?

Marie lui murmura :

— Il a l'air vraiment malheureux. Tu devrais être un peu plus paternel.

Jean s'accroupit devant lui.

— Qu'est-ce qui te rend malheureux ?

— Tout le monde me crie dessus. Parce qu'on m'aime pas. Parce que je suis pas beau, j'ai un gros nez, des oreilles toutes décollées et puis je reste tout petit. En plus, je suis mauvais.

— Bon, alors moi je vais te dire. Tu es un adorable petit mec. Des beaux yeux bleus et des cheveux bruns, c'est rare. Ça fait craquer tout le monde, moi, Marie, mais aussi toutes les filles. Tu as bien vu, quand il y a une fête, il y en a dix qui veulent être ta cavalière. Et Marie la gamine du bout de la rue, pourquoi tu crois qu'elle vient toujours te chercher pour jouer ? Elles te trouvent toutes très beau. Tellement que je suis même jaloux. Avant il y avait qu'un seul beau gosse ici.

Antoine sourit.

— Et puis comment tu peux dire que tu es méchant ? Tu as bon cœur, n'est-ce pas ? Tu ne supportes pas que les gens soient tristes, ça te fais mal de les voir tristes. Si on crie sur toi, c'est juste parce que tu fais des bêtises. Mais faire des bêtises, c'est pas être méchant. Il y a des gens très mauvais qui font tout bien comme il faut. Ils sont égoïstes, ils ont plein de haine en eux mais ils obéissent bien. C'est tout le contraire de toi. Moi je préfère mille fois des petits gars comme toi bons mais désobéissants que ces méchants sages. Si on crie sur toi, c'est juste parce que les bêtises, ça peut te causer du tort.

Il lui sécha ses larmes.

— Allez gamin ! Sors-toi toutes ses mauvaises idées de la tête. Tu sais moi, les méchants, je les garde pas sous mon toit. Si je t'ai choisi au magasin des mômes, c'est parce que j'ai vu que tu étais le meilleur.

— Toi aussi tu es le meilleur.

— Alors on va gagner ! Allez viens. On va se faire une petite partie de pétanque ! Il ne pleut plus, le soleil est revenu.

19

C'étaient les vacances de Pâques. Jean avait pris quelques jours de repos. On allait souvent à Paris. Antoine passait des après-midi avec Paula.

— Il est marrant, le boss ! Pendant ce temps-là, je bosse pas, moi.

— Je peux t'aider dans ton travail, si tu veux Paula.

Elle éclata de rire.

— Ah non, Toinou. Ça je crois pas. Viens, on va s'amuser. Tu veux que je te maquille ?

— Tu vas me déguiser en femme ?

— Oui, ça t'amuserait pas ?

— D'accord. Je mettrai tes bijoux aussi.

Elle lui mit du mauve sur les yeux, du rimmel, du rouge à lèvres et un peu de blush. Beaucoup, en fait. Il enfila une robe rouge, plusieurs rangées de colliers et chaussa des souliers à talon haut.

Ils trouvaient ça très drôle.

— Attends tu vas aussi porter des boucles d'oreilles avec des clips. Voilà ! Parfait.

Ils improvisaient une sorte de pièces de théâtre où Antoine imitait les filles de sa vie.

— Je fais Paula, maintenant. Oh Jean, les temps sont durs. Allons danser ! Les femmes aiment ça, mon Jean.

Il exagérait ses manières... Et c'est le moment que Jean choisit pour rentrer.

— C'est quoi ces conneries ? T'es folle Paula ? Vous arrêtez ces saloperies tout de suite !

— Mais c'est pour rigoler, Jean !

— T'es malade non ? Tu veux en faire une tapette ? Moi je te le laisse plus si tu joues à ça. Non mais, qu'est-ce qui te passe par la tête ? Enlevez ça, vite fait !

— Tu dramatises, Jean...

— Ça suffit ! Je veux pas que mon fils devienne une pédale !

— C'est pas ce genre de petit jeu qui rend homo. On l'est ou on l'est pas. Ça n'a rien à voir.

Elle avait démaquillé Antoine, il avait retiré la robe et les bijoux. Il ne comprenait pas bien ce qu'ils avaient fait de mal. En repartant, il demanda à Jean :

— Pourquoi t'étais pas content ? C'est quoi une pédale ?

— Laisse, petiot. Quand on est un homme, on fait pas la femme, c'est tout !

20

Lors de la visite suivante chez Paula, Jean voulait sortir, faire une virée dans Paris, en voiture. Il les emmena au restaurant. Le petit était crevé, il s'endormit dans la voiture après le dîner. Paula avait une folle envie de danser. Georges et Lucette organisait une soirée dans leur grand appartement dans le XVème. Ils s'y invitèrent.

— Et le petiot ? interrogea Paula

— Il dort. On va le laisser tranquillement continuer sa nuit. Je ferme la voiture. Il y aura pas de problème.

Antoine fut réveillé par des coups secs sur le capot de la DS. Il se redressa brusquement. Trois types tout de cuir vêtus cognaient sur la voiture. Il se précipita sur la boîte à gants, en plongeant à l'avant de la voiture. Dans la boîte à gants, il avait vu, un jour, un pistolet. Il le sortit prestement et le pointa vers les loubards qui cessèrent aussitôt de chahuter autour de la DS, prirent leurs cliques et leurs claques et disparurent. Le môme rangea le revolver et attendit le retour des inconscients avec une certaine impatience. Il luttait contre le sommeil pour pouvoir les engueuler à leur retour. La fatigue fut plus forte, il se rendormit. Quand Jean et Paula revinrent, il dormait à poings fermés si bien qu'ils crurent qu'il avait passé une belle et douce nuit. Jean déposa Paula chez elle et rentra à la Ville du Bois. Il prit Antoine dans ses bras et le coucha dans son lit. Le lendemain matin, Antoine oublia de reparler de l'incident.

La vie s'écoulait, entre petits drames, grandes joies, erreurs et justes actions. Jean et Antoine avaient en commun cette aptitude à passer du n'importe quoi au sublime, avec le plus grand naturel. Quand il arrivait à Delhomme d'être pris en flagrant délit de grandeur, le petit était si fier qu'il voulait chanter les louanges de son père à qui voulait les entendre. Ainsi, lorsque Jean proposa à Antoine et Maurice de l'accompagner pour entretenir la jardin de la vieille Augustine, le petit découvrit que son père y allait toute les semaines. Il clamait autour de lui :

— Jean, il aide les vieux. Il jardine toutes les semaines pour Augustine parce qu'elle ne peut plus s'occuper de son jardin elle-même.

Une autre fois, au cours d'une exposition d'un jeune artiste, Delhomme acquit le tableau le plus cher.

— Tu l'aimes bien ce tableau, p'pa ?

— Oui, il est pas mal. Tu trouves pas ? Mais tu sais, j'y connais rien en art, je suis pas cultivé, moi. C'est surtout, le peintre que j'aime.

— Joseph Spielman. C'est qui ?

— C'est un neveu de Juliette.

— Comment il va savoir que tu lui achètes ses tableaux ?

— Il ne va pas le savoir.

— Il va pas savoir que tu l'aimes, alors.

— Je ne le fais pas pour qu'il sache que je l'aime bien. Je le fais parce que je l'aime. Antoine, quand tu aides quelqu'un, tu n'as pas besoin de le dire. Quand tu fais quelque chose de bien, moins tu en parles, mieux c'est. Être discret, humble, voilà comment il faut agir.

— Les gens qui disent du mal de toi, s'ils savaient tout ce que tu fais, ils diraient plus pareil.

— On s'en fout de ce que les gens disent ou pensent. N'agis jamais en fonction de ce que les gens disent, petiot. L'important c'est de te laisser guider par ton cœur. Si tu donnes du bonheur autour de toi, tu as ta récompense, tu ne dois jamais attendre les bravos ou les mercis. Sinon tu deviens un esclave.

— Moi j'aime bien qu'on m'applaudisse.

— C'est pas grave, gamin. Moi j'aime pas ça.

21

Jean se montrait d'une humeur massacrante ce jeudi-là. Sitôt le petit-déjeuner englouti, Antoine fila rejoindre ses amis, pour éviter un coup perdu. Jean avait un très mauvais pressentiment. Ce rendez-vous ne lui disait rien qui vaille. Pourquoi ce type sorti du temps où la clandestinité était une affaire d'hommes honorables reprenait contact avec lui ? Pourquoi ce bourgeois qui avait remarquablement mené sa barque et naviguait maintenant dans les plus hautes sphères de l'Etat revenait-il vers le pestiféré, le maudit, vers celui qui avait mal tourné ? Certes, il ne prenait pas le risque de ternir sa réputation : la rencontre devait rester secrète.

Jean prit son flingue par précaution. Il arriva dix minutes en retard, histoire d'affirmer son détachement et son indépendance. L'autre était installé au fond du bar. Il sirotait une bière. Il s'était empâté, portait un costume trois pièces de chez un grand couturier et affichait un air satisfait de lui-même. Jean se dit qu'en plus d'être un parvenu, il était très con parce qu'avec son accoutrement, on le repérait à des miles à la ronde.

— Comme au bon vieux temps, l'archange !

Cette fausse complicité leva le cœur de Jean. Il ne savait pas encore qu'il aurait à explorer les profondeurs du dégoût. Il commanda un café.

— Tu vieillis pas, mon pote ! Toujours aussi beau ! persévérait le gougnafier.

Non mais, il n'allait pas lui faire un numéro de charme !

— Tu me veux quoi, Merlin ? Tu m'as pas fait venir ici pour me montrer que tu sais danser la danse du ventre ?

Merlin lui narra une sombre histoire de ventes d'armes, de barbouzes, d'accords politiques secrets, de menace de guerre. Tout tournait autour d'un certain Brodin qui avait accompli avec zèle toutes les basses besognes, puis était devenu gourmand, non maîtrisable et, pour tout dire, gênant. Jean redoutait de comprendre où il voulait en venir.

— Tu as bien un gars qui pourrait nous aider à nous en débarrasser Gab ?

— Tu me demandes de le buter ?

Alors que l'autre parlait à voix basse, Delhomme avait haussé le ton, sous l'effet de l'indignation. Bien que le bistro fût vide, Merlin blêmit.

— Chut, Gabriel ! Tu es malade ?

— Non mais c'est toi qui es dingue ! Je suis pas un tueur !

— Qui te parle d'agir toi-même ? Il y a bien un de tes acolytes qui pourrait…

Jean se levait. Il allait le planter là. Il ne voulait pas en entendre plus.

— Si tu refuses, tu tombes. Ce serait dommage pour ton fils adoptif !

Il prit l'uppercut en pleine figure. Il se rassit sous le choc.

— Ah voilà ! Je te reconnais bien là ! Espèce de hyène ! Du chantage, c'est classe ! C'est ça que tu gardais comme argument. Tout ton boniment pour m'endormir, c'était du préambule. Ton idée, c'était la menace. T'es vraiment qu'un pourri !

— Ça veut dire oui, n'est-ce pas ?

Jean détecta une lueur de pitié et de mépris dans les yeux de Merlin. Il voulut reprendre le dessus.

— Attends mon bonhomme ! Un contrat de ce genre, ça coûte cher.

— Bien sûr. Qu'est-ce que tu crois ? Quatre cents briques : deux cents pour toi et deux cents pour ton exécuteur.

— Cinq cents pour moi. Je joue tout seul et je tiens à ce que tu le saches. Il y a des degrés dans le crime. Celui qui exécute, c'est un salaud mais celui qui fait exécuter, c'est un monstre.

Il le dévisagea pour bien appuyer l'intention. L'autre lui renvoya un sourire carnassier signifiant sa préférence pour ceux de la deuxième catégorie. Il accepta le deal à cinq cents.

— C'est pas tout, poursuivit Jean, tu me couvres. Ici et maintenant mais aussi demain et à jamais.

— Si l'opération foire, je te lâche. Et là, crac !

Il traça sur son cou le déplacement de la lame de la guillotine.

— Si l'opération réussit, on efface tes escroqueries d'hier, on ferme les yeux sur celles d'aujourd'hui et de demain. À condition bien sûr que tu te contentes de tes petits trafics, tes putes et tes affaires minables à Pigalle. Tu prends pas le goût du meurtre ! Et pas de braquage non plus ! Les gros coups, on n'assure pas !

Delhomme ignora l'appréciation méprisante sur sa vie et ses affaires.

— Bon ! Tu me files la moitié du pognon avant et l'autre sous une semaine après le meurtre. Donne-moi les coordonnées du mec, maintenant !

Merlin sortit une enveloppe.

— Là-dedans, tu as tout ce qu'il te faut : nom, adresse, son emploi du temps habituel, les lieux où il se rend, c'est complet. Pour l'oseille, tu passes au bar « Chez Roger » à Bagnolet, demain à 17 heures.

Ils étaient maintenant tous les deux debout, prêts à partir.

— Encore une chose, l'archange…

Jean plissa les yeux en une moue de réprobation lorsque Merlin osa encore utiliser son ancien surnom, celui du temps révolu et irréel où une amitié était possible entre eux.

–…Tu ne cherches pas à me joindre ! En aucune façon et quoi qu'il arrive ! On se connait pas, on s'est jamais vu, ok ?

— On se connait pas, appuya Jean en le fixant.

Il tourna les talons.

22

Jean voulait en finir au plus vite. Surtout ne pas penser. En finir. Il ne rentra pas à la maison. Il traîna de bar en café, jusqu'à l'ultime fermeture. Comme il avait beaucoup consommé, il avait la tête à l'envers. Il s'échoua sur un banc et s'endormit comme une masse. Il fut réveillé en sursaut : un jeune homme à l'air paumé et aussi ivre que lui, quelques heures plus tôt, lui fouillait les poches et venait de dégoter son arme.

— Lâche ça, mon vieux ! Tu vas t'attirer des ennuis.

— Non ! Je veux me suicider !

— Putain, il manquait plus que ça ! Allez rends-moi ce flingue ! Déconne pas ! Donne-le-moi !

C'était bien sa veine : sur tous les clochards parisiens qui font les poches, il fallait bien qu'il tombe sur celui qui avait envie de mourir ! Le gars gardait le pistolet en main. Delhomme comprit qu'il ne servait à rien de le raisonner et essaya une autre stratégie :

— Si tu veux mourir, il vaut mieux que je te tue moi-même. Je suis un assassin. Toi, tu risques de te louper. Moi, j'ai l'habitude, c'est mieux.

— Tu mens ! Tu vas pas me tuer !

— Si ! Je te jure que je vais te tuer.

Il avait réussi à déstabiliser le désespéré et il parvint à s'emparer de l'arme. Le type tenait à peine debout, il était complétement éméché.

— Alors vas-y ! Tue-moi ! Elle m'a quittée. Je veux plus vivre.

Jean n'avait vraiment ni le cœur, ni la force de remonter le moral à un candidat au suicide. En fait, il aurait aimé que cet homme s'appelle Brodin. Il se serait ainsi débarrassé de sa besogne. Et c'était bien la seule chose qui comptait pour lui, à cet instant.

— Ecoute, mon gars ! En fait, je suis pas seulement un assassin. Je suis aussi un menteur. Tu avais vu juste : je vais pas te tuer. Tu devrais prendre ma place sur ce banc, roupiller un peu pour te remettre les idées en place. Demain, tu verras qu'elle ne vaut pas la peine que tu te flingues. Tu es beau comme un Dieu, tu as l'air d'un gentil gars. Alors, si elle t'aime pas, c'est qu'elle a mauvais goût. Tu vas en trouver une autre, une mieux. Allez, va ! Je suis désolé. J'aurais aimé t'aider plus mais je suis moi-même dans la merde. T'imagines pas à quel point.

Il l'aida à s'allonger sur le banc, le jeune homme se laissa faire et plongea aussi sec dans le sommeil.

— Je suis vraiment un vrai con !

Jean réalisait son inconscience, son inconséquence et les risques inconsidérés qu'il avait pris. La situation était déjà suffisamment pourrie et il venait encore de l'aggraver en se montrant en public avec un revolver. Heureusement, il était repassé à sa voiture après sa rencontre avec Merlin. Il avait déposé l'enveloppe dans le double fond du coffre de la DS. Il avait bien refermé à clé et avait commencé son errance dans le XIème arrondissement. Il avait seulement gardé son flingue.

Il se replia dans sa voiture. Il lut le dossier Brodin et essaya en vain de se rendormir.

Il voulait en finir au plus vite. Il avait l'impression de ne pas dessaouler. Une migraine d'enfer, la nausée, des frissons. Il se sentait fiévreux. Pourquoi avait-il accepté le marché de dupe de cette vermine ? « Tu tombes », qu'est-ce que ça voulait dire ? Ces « minables affaires » et « petits trafics », ça ne valait guère plus d'un an. Alors que là, il risquait sa vie. Il croyait avoir pensé à Antoine mais pour un an, le gamin aurait pu être confié à Marie, à Serge ou à Paula. Avec la veuve[3], tout s'arrêtait ! Il avait envie de chialer. Il se comporterait donc toujours comme un raté ! Il gueula à sa conscience de se taire et prit son chapelet. Au bout de dix minutes, il le rangea

---

[3] *La veuve : la guillotine en argot*

dans sa poche, son cœur commençait à le pousser en d'autres lieux que ceux où il était appelé. Il considéra :

— Oui, là où je vais, il n'y a que le diable pour me conduire ! Ni pensée, ni prière.

Il se débattit toute la journée comme gibier piégé dans un filet.

En sortant du bar « Chez Roger », il passa à Saint Lazare et laissa la valise remplie de billets dans une consigne. Pour le reste, il avait un deuxième rendez-vous dix jours plus tard, sous condition de réussite. Il fonça direct au 11 rue de la Pompe. Il avait préféré le couteau au revolver, finalement. Une arme blanche, une arme de barbare. Des images défilaient dans son esprit, images de soldats allemands, de miliciens, de délateurs, images d'hommes jeunes, de presque gamins. Il revoyait les regards apeurés ou haineux, suppliants ou incrédules. Il envisagea Brodin sans regard.

Il accomplit sa mission d'une manière mécanique. Une belle mécanique, bien huilée. Rien ne s'enraya. La carotide se laissa trancher net. Le sang s'écoula proprement. Personne ne le vit. Il avait mis des gants et une cagoule. Il pensa : « le crime parfait ». Il referma la porte. Il jetterait le couteau.

23

Paula lui trouvait une tête à faire peur.

— Qu'est-ce qu'il t'est arrivé ?

— Rien. Je suis crevé. Et puis, j'avais besoin de te voir.

— Quand tu as besoin de me voir comme ça, sans crier gare, sans que ce soit le jour de la tournée, c'est parce qu'il y a un truc qui va pas.

Elle le lâcherait pas, il devait lui donner quelque chose à se mettre sous la dent sinon elle le mitraillerait de questions toute la soirée. Il n'était vraiment pas en état de le supporter.

— Je me suis battu.

— Tu n'as pas tué un homme au moins ?

— Mais non ! Qu'est-ce que tu vas imaginer ? Je ne suis pas un tueur.

— Justement, tu as la tête de quelqu'un qui ne serait pas un tueur et qui aurait tué.

— Ecoute Paula, j'ai vraiment pas envie de subir un interrogatoire. Tu vois, si je suis venu te voir ce soir, c'est pour vivre un petit moment de tendresse, d'insouciance et de réconfort. Est-ce que c'est possible ?

Elle l'embrassa. Il resta avec elle pour la nuit.

À la maison, on l'attendait.

— Marie, pourquoi il revient pas, encore ce soir, mon père ?

— Il doit être très occupé.

En vérité, elle aussi commençait à s'inquiéter bien que ce ne fût pas la première fois qu'il découchait plusieurs nuits d'affilée. Antoine suggéra :

— Il est peut-être chez Paula.

Le samedi, quand il rentra de l'école, Antoine repéra aussitôt la DS grise dans la cour. Il courut vers la maison, courut vers le salon où Jean, installé dans son fauteuil attitré, s'absorbait dans la lecture de la presse. À ses pieds, des dizaines de journaux jonchaient le sol. Les yeux d'Antoine brillaient. Jean leva la tête, il l'accueillit d'un grand sourire.

— Viens, petiot, viens à côté de moi !

Le môme s'assit sur le bras du fauteuil. Il embrassa son père.

— Je suis content que tu sois là, p'pa.

— Moi aussi.

— Tu sais, j'ai pas été très sage, aujourd'hui en classe.

Jean plaça son doigt devant sa bouche.

— Chut ! On en parlera une autre fois. Ce soir, on ne regarde que les belles choses. D'accord ?

— D'accord.

— Alors, qu'est-ce que nous avons de beau ?

— Demain, c'est dimanche !

— Je t'emmène à la pêche. Ça te convient ?
— Tu as une canne à pêche ?
— J'ai deux cannes à pêche, une pour toi et une pour moi. On va se faire une bonne partie de pêche, moi je te le dis.
— Oh oui alors ! On pourra manger nos poissons… ou plutôt non, on les relâchera pour pas les tuer.
— Moi j'aimerais bien les manger.
— Alors on verra.

Après un instant de contemplation de leur projet, l'enfant déclara :

— C'est bientôt les vacances, aussi !
— Ma foi oui, les vacances…

24

— Tu sais, il n'a pas tort, Antoine. C'est pas juste, l'instit', de ne rien lui avoir donné à la remise des prix.

— Oh non ! Tu ne vas pas te mettre à le soutenir. Tu sais qu'il est devenu très insolent ? Je ne le fais plus venir à la maison pendant l'étude et je suis de nouveau obligé de le punir sans arrêt comme au début de l'année dernière. Heureusement que l'année se termine. Un peu plus et il m'aurait fallu l'exclure pour une journée !

— C'est décevant, je le conçois et je vais essayer d'y remettre bon ordre pour la rentrée prochaine…

— Ne le tabasse pas !

— Arrête, l'instit' ! On dirait que tu me considères comme un sauvage !

— Ben oui, par moment, c'est le mot qui convient…

— Bon, dévie pas la conversation ! Je vais raisonner le fiston et tu verras, il reviendra des vacances transformé…Je voulais juste te dire que ce n'est pas juste d'écraser ses bons résultats sur tous les apprentissages, que ce soient la lecture, l'écriture, le calcul ou autre avec ses mauvais résultats en conduite. Ça ne se compense pas.

— Si, ça se compense. C'est un tout.

— Pas d'accord. Si tu es un excellent écrivain, même si tu es bagarreur, voleur, menteur, tu restes un excellent écrivain.

— Les prix scolaires récompensent un tout. Un bon élève, c'est celui qui apprend bien, travaille bien mais aussi celui qui respecte les règles, qui contribue à la bonne harmonie au sein de la classe. Si un élève a l'un sans l'autre, ça ne suffit pas. C'est comme dans la vie, on pèse tes bonnes et tes mauvaises actions : si le plateau penche d'un côté, tu es bon, s'il penche de l'autre, tu es mauvais.

— Je ne peux pas croire que tu aies une vision aussi simpliste. Tu décris là un sordide compte d'épicier. Comme si le type qui avait bien agi avait gagné le droit de faire quelques saloperies !

— On lui pardonnera plus facilement ses quelques saloperies... Et surtout le mauvais sujet peut se racheter. Comme Valjean, dans *les Misérables.*

— Valjean, il n'a jamais été vraiment mauvais.

— Ce que je t'explique, c'est la pesée des âmes.

— Désolé de te contredire, l'instit' mais la pesée des âmes, ça ne se passe pas ainsi. Sur le tympan de l'église de Conques, dans l'Aveyron, tu as une représentation de la pesée des âmes. Sur les plateaux de la balance, tu n'as pas d'un côté, les bonnes actions et de l'autre les mauvaises comme tu sembles le penser. L'une des coupes de la balance contient l'âme lourde de tous les péchés de celui qui vient de mourir, elle paraît très chargée. L'autre coupe, tu la croirais vide. En réalité, deux petites croix y sont déposées, elles symbolisent la foi. Et la balance penche de ce côté.

— Alors, elle est pratique ta foi chrétienne : même les plus salauds sont pardonnés.

— S'ils ont vraiment la foi, ils ne restent pas des salauds. La foi les sauve et les pousse au meilleur.

— Si elle les pousse au meilleur, leurs bonnes actions rachètent leurs mauvaises.

— Non c'est leur foi et la grâce de Dieu qu'ils accueillent, voilà ce qui les rachète. Prends mon exemple : comme tu le sais, je suis un voyou. Or il m'est arrivé et il m'arrive encore d'agir bien. Pourtant ma foi n'est pas assez grande, c'est pourquoi je persiste dans l'aveuglement.

–Jean ! Ne dis pas ça !

— Je te le dis. Et tu n'imagine pas à quel point j'en souffre.

25

Il avait récupéré les valises à Saint Lazare. Il avait essayé d'oublier Merlin et Brodin mais le vieux beau aux manières de parrain mafieux et le grand sec aux yeux perçants venaient hanter ses cauchemars de jour comme de nuit. Les vacances scolaires avaient commencé, il se dit qu'un changement d'air leur ferait du bien. Marie irait chez sa sœur, Jean, Antoine et petit Gérard prendraient leurs quartiers d'été à Cabourg. Antoine était surexcité à la perspective de découvrir la mer. Petit Gérard voulait descendre au Grand Hôtel. Jean trancha :

— Pas de train de vie royal ! Pas de luxe ostentatoire ! Je n'ai pas envie d'attirer l'attention.

Il jeta son dévolu sur un petit hôtel familial de six chambres. Le patron était un vieux normand tout rouge, avec une bonne bouille de mec généreux, accueillant et dispensant son amitié aux quatre vents.

À l'arrivée à Cabourg, Jean s'avança, avec la DS, jusqu'au bord de la plage. Antoine se propulsa hors de la voiture et se rua vers la mer. Il goûtait le vent sur son visage, le sel sur ses lèvres, ses pas qui s'enfonçaient dans le sable. Il continua sa course dans l'eau, avec ses chaussures. Il se sentait libre et invincible.

Les occupants de *l'hôtel du soleil* ne tardèrent pas à se connaître tous. Ils se retrouvaient généralement le matin, autour du petit déjeuner. On rapprochait les tables pour discuter ensemble. Seul le vieux peintre de la chambre 4 préférait mener une vie solitaire aux horaires décalés par rapport à ceux du reste de la maisonnée. Jean-Luc et Simone occupaient, avec leur bébé, assez braillard il faut bien le dire, la chambre 1. Dans la 2, on avait les amoureux Jeanne et Patrick dont la participation à la vie communautaire était intermittente car ils se ménageaient des espaces de roucoulements en tête-à-tête. La 3 accueillait une espagnole enjouée et volontaire, Dolores, et sa fille, Sylvia, dont le père devait être un viking car elle arborait une chevelure blonde et des yeux turquoises qui contrastaient avec les cheveux de jais et les yeux marron de la mère. Cette petite qui éveilla immédiatement la curiosité d'Antoine ne tenait pas en place et elle ne tarda pas à révéler sa nature de sacrée chipie. Petit Gérard logeait dans la 5, Jean et Antoine dans la 6. Delhomme avait loué deux chambres : on n'allait quand même pas vivre les uns sur les autres pour les vacances.

— Encore heureux ! avait souligné petit Gérard qui exagérait sérieusement vu qu'il était invité et aurait pu se compter bien heureux de partir en vacances.

26

— Antoine ! Antoine ! Tu viens !

Elle criait à tue-tête à travers la porte. Jean ouvrit avec brusquerie. Elle détala comme un lapin. Antoine gronda :

— Tu lui as fait peur !

— Elle nous casse les oreilles, non ?

— Pas du tout !

Antoine sortit et alla toquer au numéro 3. Sylvia passa la tête. Il lui tendit la main :

— On y va ?

Dolores s'inquiéta :

— Ton père va vous accompagner ?

Antoine mentit :

— Oui, oui ! Il nous attend en bas.

Le temps qu'elle aille vers la fenêtre pour vérifier que Delhomme se trouvait bien devant l'hôtel, Antoine avait déjà enlevé Sylvia et elle les vit, main dans la main, se diriger vers la plage. Contrariée, elle monta l'escalier jusqu'au troisième et, prenant son courage à deux main, Dolores frappa à la porte des Delhomme. Il l'impressionnait cet homme taillé dans le roc, à la fois distingué, un peu maladroit et autoritaire. Dans son regard, elle croyait lire une sorte de détresse ou d'angoisse qui la touchait. Elle lui avait confié son périple pour fuir l'Espagne après le décès de son mari, dans des circonstances mal élucidées. Elle avait expliqué qu'elle vivait à Caen où une cousine les avait accueillies, elle et sa fille. Il écoutait. Elle aimait comme il l'écoutait, souriant quand elle s'animait, pleine d'espoir en une vie nouvelle, baissant les yeux quand elle évoquait ses souffrances. Il la troublait et il est probable qu'elle recherchait le moindre prétexte pour le retrouver. Ainsi lorsqu'elle toqua à cette porte, le désir se mêlait à l'appréhension.

Il ouvrit tout aussi énergiquement que la fois précédente. Décidément, on voulait lui gâcher sa sieste. À la vue de Dolores, il chercha à adoucir son geste.

— Je suis vraiment désolée de vous importuner mais les enfants sont sortis tout seuls.

Jean ne comprenait pas son inquiétude : Antoine cavalait depuis toujours tout seul à Cabourg comme à la Ville du Bois. Les autres gamins et gamines aussi.

Elle précisa :

— En plus, votre fils m'a dit que vous étiez avec eux.

Il trouvait son accent espagnol irrésistible. Sa fausse indignation aussi. Et surtout ses seins qui tendaient le mince tissu de coton de sa robe.

— Antoine est un incorrigible menteur. Ne vous inquiétez pas, il ne leur arrivera rien.

Comme elle ne paraissait pas complètement rassurée, il ajouta :

— Vous voulez qu'on les file,

— Filer ?

— Qu'on les rejoigne.

Il lui prit le bras avec cérémonie.

Les enfants avaient marché sur la plage, assez longtemps pour se retrouver loin du monde.

— Tu me donnes les mains. On recule chacun de dix pas. Puis on ferme les yeux et on avance sans ouvrir les yeux. On s'approche jusqu'à se toucher et on fait un bisou là où ça tombe.

Elle se réjouissait d'avance du piège dans lequel elle entraînait Antoine. Sylvia ouvrit les yeux, un peu avant qu'il ne soit tout près d'elle et elle plaça sa bouche juste en face de celle d'Antoine. Le bisou tomba donc sur la bouche. Ils riaient de leur audace.

27

Jean appréciait de ne plus penser aux sombres évènements qui avaient précédé les vacances, à ses activités sources de tracas et d'opprobre et à toute sa mauvaise troupe dont il se sentait responsable. Loin du tumulte, dans ce havre de paix, il se sentait purifié. Il avait l'impression d'être rangé. Il vivait d'amour et de choses simples. Pourquoi fallait-il toujours qu'en ces moments où il se posait et s'envisageait devenir bistrotier, il soit ramené à sa condition de hors-la-loi. Pourquoi diable surgissait alors un de ces abominables fâcheux le tirant vers le bas ?

Le diable prit, cette fois, l'apparence d'un certain Dédé la Seringue, rencontré en prison et fréquenté pendant toute la période où Delhomme avait bâti son royaume. Dédé était un mielleux, il se comportait comme ces boas qui hypnotisent leur proie avant de les ingurgiter. Jean ne voulait pas entretenir le moindre commerce avec lui car il savait qu'il se retrouverait rapidement aspiré dans une spirale infernale.

— Laisse-moi, Dédé ! Je suis rangé des voitures. J'ai plus rien à voir avec tout ça.

— Tu ne vas pas refuser de voir un vieux copain ? Tu ne peux pas me faire ça. Allez

Jeannot, je te donne rendez-vous demain soir au casino.

Jean se méfia. Il se garda bien de se rendre à ce qu'il pressentait être un traquenard. Il fut bien inspiré. Petit Gérard fut envoyé, à tout hasard, aux abords du casino, pour rôder, fouiner, voir s'il se passait quelque chose. Il aperçut le car de police, il reconnut même un commissaire de Paris auquel ils avaient déjà eu affaire.

Le lendemain, alors que Jean prenait l'apéritif au bar de l'*hôtel du soleil*, en compagnie de Dolores, Jeanne et Patrick, le Dédé fit son apparition, accompagné d'un gorille au regard vide. Il venait demander à Delhomme des explications pour lui avoir posé un lapin. Passée la stupéfaction – il ne recule vraiment devant rien ! -, Jean demanda au cabaretier de fermer sa boutique, lui glissant au passage quelques billets incitatifs. Il conseilla aux dames de se retirer dans leurs appartements. Alors, il correctionna Dédé et son homme de main avec méthode et efficacité. Ils se retrouvèrent rapidement contraints de vider les lieux avec la gueule méchamment amochée.

Quand Dolores et Sylvia quittèrent l'*hôtel du soleil* pour rentrer à Caen, Antoine était inconsolable. Dolores aussi. Jean lui avait d'emblée annoncé :

— N'attends rien de moi ! Je n'ai rien à t'offrir.

Cependant il lui avait offert beaucoup. Ils s'étaient abandonnés l'un à l'autre avec douceur et rage, avec respect et folie, avec avidité et insouciance. Il avait semé le désir en chaque petit recoin de son cœur, en chaque petite parcelle de sa peau. Si elle fermait les yeux, elle voyait son corps trapu et musclé venir se blottir contre elle et elle frémissait de plaisir. Elle savait que leur histoire finissait là et sa douleur était vive. Elle montra la grosse valise au chauffeur. Jean ne viendrait-il donc pas lui dire au revoir ?

Antoine était arrivé dans le hall seul. Il les enlaça toutes les deux.

— Où est Jean ?

— Il m'a demandé de t'embrasser de sa part et de vous souhaiter bon voyage. Il est parti très tôt ce matin. Il avait rendez-vous avec des pêcheurs, ils l'emmenaient sur leur bateau pour toute la journée.

Il vit une larme sur la joue de Dolores.

— Vous allez vous revoir. On reviendra en vacances à Cabourg. Vous aussi n'est-ce pas ? On va se revoir, c'est sûr ! On était tellement bien ensemble. Un jour, tu verras, on vivra tous les quatre, ensemble.

— Prends soin de toi, mon petit Antoine !

Sylvia lui chuchota à l'oreille :

— Je t'aime et on se mariera.

Elles montèrent dans le taxi. Il leur fit signe de la main. Quand le taxi eut tourné le coin de la rue, il courut se réfugier dans la chambre où il pleura à chaudes larmes. Jean le trouva, la tête cachée sous les oreillers lorsqu'il réapparut, en fin de matinée. Antoine émergea pour clamer à la face de cet égoïste toute sa réprobation :

— T'es vraiment dur, toi. Tu n'es même pas venu leur dire au revoir. J'ai dû inventer une histoire pour t'excuser.

— Mais Antoine, ce n'était pas la peine. Tu as gaspillé du mensonge. Je déteste les adieux.

28

Les vacances avaient ressourcé tout le monde. Antoine reprit l'école en de bonnes dispositions. Il retrouva les copains, les jeux en forêt, Anne Rouvillois et les goûters dans la maison de l'instit'. Serge se félicitait de voir son élève le plus doué assagi. À la maison des bandits, la vie reprenait également son cours habituel. Marie avait passé un bel été, elle avait revu toute sa famille, avait prodigué soins et affection à ses neveux et petits neveux. Elle rentrait la tête pleine de chansons, les yeux pleins de lumières. Paula, seule, avait détesté l'été : Paris sous les fortes chaleurs, les clients suant à grosses gouttes, les clients fauchés, Paris alanguie, Paris au ralenti. Elle avait surtout détesté Paris sans Jean.

Avec l'automne, la maison et Paris retrouvaient bruit, couleur et agitation industrieuses. Le soir, la salle à manger de Jean s'emplissait, à nouveau d'éclats de voix, engueulades, rires et explications franches et directes : la compagnie était de retour. C'est vers la mi-novembre que Rachid annonça triomphalement :

— Brahim s'est évadé. Il est rentré en Algérie.
— Ça se fête, non ?

Quelques jours plus tard, en plein boulevard Magenta, une Peugeot 203 noire s'arrêta à hauteur de Delhomme. Un homme en descendit :

— Suis-nous sans discuter !

— Qu'est-ce que vous me voulez ?

— Monte !

Ça sentait le Merlin à plein nez. Le patibulaire lui montra qu'il était armé et lui fit signe d'embarquer dans la voiture dont la portière était restée ouverte. Jean obtempéra.

— Qu'est-ce qu'il t'a dit le boss ? Tes petites affaires !

Il marqua une pause.

— Ça veut dire : pas de politique !

— J'ai jamais fait de politique.

— Les paquets à destination d'Alger, c'est pas de la politique peut-être ?

— C'est mes petites affaires. L'Algérie, les Antilles, le Brésil ou l'Ethiopie, pour moi, c'est du pareil au même, du moment qu'il y a du fric à se faire.

— Mais bien sûr ! Ecoute-moi bien. L'Algérie, c'est politique. Donc ça ne rentre pas dans nos arrangements. Si tu ne veux pas d'ennuis, tu laisses tomber. Est-ce que c'est bien clair ?

Jean ne répondit pas. Il pinça les lèvres, d'un air de dire :

— J'ai bien compris ce que tu viens d'énoncer. J'en fais mon affaire. Je n'ai pas d'ordre à recevoir.

L'autre considéra que la mise en garde avait été claire et il éjecta Jean de la voiture.

Cependant les envois vers l'Algérie continuèrent. Dans la discrétion la plus absolue. Pas de politique mais des principes : liberté, insoumission et fidélité aux amis.

29

Fournier avait conçu le fol espoir que le désir d'adoption de Delhomme pousserait le malfrat à se racheter une conduite. Las ! Le gaillard semblait totalement incapable de rentrer dans le droit chemin. Et pourtant le vieux juge n'en démordait pas : l'endroit le plus adapté pour son petit protégé, c'était bien chez cet incorrigible hors-la-loi. Les progrès étaient spectaculaires et ceux qui connaissaient le gosse depuis peu ne pouvaient imaginer le chemin parcouru, Antoine restant un enfant rebelle et difficile à canaliser. Mais entre impossible et difficile, s'étend un gouffre souvent infranchissable. Du bon côté, s'ouvre néanmoins le passage vers un épanouissement possible et une vie incluse dans la société des hommes.

Fournier prit le risque de sa folie, il accepta l'adoption. Jean devint officiellement le père d'Antoine. Le juge dit à l'un, puis à l'autre :

— Je compte sur vous pour me donner raison.

Jean ressortit du tiroir la photo de 1952. Il les regarda longuement : Juliette, Isabelle et Michel. Isabelle et Michel devaient être adultes maintenant. Il était probablement grand-père. Juliette était-elle heureuse avec son dentiste ? Sans doute. Oui, sans doute. Juliette portait le bonheur avec elle, même dans l'adversité. Elle irradiait et transformait en or tous les cailloux qu'elle touchait. La seule pierre qui avait résisté à l'enchantement, restant grise, triste et lourde, c'était lui, persistant dans des voies qui le vouaient à l'échec et au malheur. Il se leva et prit une boite à biscuits sur une étagère. Elle contenait des photos récentes. Il choisit une photo d'Antoine prise chez un photographe professionnel, une belle photo sur laquelle il prenait la pose. Assis sur un tabouret, il avait l'air de défier le monde, mi-insolent mi-séducteur. Jean rangea la photo du petiot avec celle des trois autres et referma le tiroir.

Deuxième partie 1967-1970
Tumulte en chrysalides

1

Jean ressentit une immense fierté quand Antoine entra au lycée. Serge aussi se réjouissait de la réussite de son poulain, il était heureux pour le gamin, heureux aussi pour son ami. Il se disait que ce parcours illustrait pleinement le rôle de l'Education nationale, un rôle émancipateur permettant aux enfants les moins favorisés de monter plus haut dans la société que leurs parents. Il était dommage que Madame Rouvillois décédée l'année précédente n'ait pas connu le dénouement d'un cheminement qu'elle avait accompagné avec amour et qui avait ensoleillé ses dernières années. Quelques appréhensions taraudaient toutefois Serge qui ne put s'empêcher d'en faire part à Jean :

— Il va en baver.
— Pourquoi tu dis ça ?
— Malgré tous nos efforts, Jean, ton gamin ne supporte pas l'ordre et la discipline. On n'arrive à avancer avec lui qu'en le prenant par les sentiments. Il est intelligent, il comprend bien les règles mais il s'en fiche et tu n'arrives à lui faire respecter les règles que s'il t'aime et que tu lui dis : « fais-moi plaisir, Antoine, respecte les

règles ». Au lycée, ils ne fonctionnent pas comme ça. J'ai peur qu'il y ait de la friction.

Antoine en bava mais il en fit surtout baver, aux enseignants, surveillants et proviseurs des cinq établissements où il séjourna successivement entre 1963 et 1967. Jean avait tenté le lycée privé, le lycée public, l'internat et l'externat, il avait fait de surhumains efforts d'ouverture et de compréhension envers Antoine, il s'était aussi énervé, il s'était terriblement énervé.

Lorsqu'on convoqua le père pour le quatrième renvoi, il vécut une séance particulièrement désagréable. Il comprit très vite qu'il avait fait une erreur monumentale en inscrivant le gamin dans cet établissement. Le lycée, tenu par des frères des écoles chrétiennes, implanté dans les beaux quartiers et accueillant une grande partie de ses élèves en internat, semblait pourtant une bonne solution après les précédents échecs imputés aux trop grandes libertés prises par le sauvageon et à son absence de repères. Hélas, au bout de quelques semaines à peine, les relations entre le personnel enseignant et Antoine prirent un tour conflictuel. Le gamin fut alors régulièrement privé de sortie le week-end et ne pouvait rentrer chez lui. Il commença à fuguer.

Son inventivité pour s'échapper de nuit n'avait pas de limites. Au début, il n'avait guère besoin de mettre en œuvre de dispositif particulier pour sortir, l'évasion n'étant pas pratique courante, la surveillance se révéla peu vigilante. Il quittait sa chambre à pas de loup, se dirigeait vers le réfectoire et après avoir traversé les cuisines, se glissait dehors par la sortie de service. À lui la belle vie parisienne ! Il s'invitait au cinéma, au cabaret, aux matchs de catch… Il entraîna, une ou deux fois, son voisin de chambre, un dénommé Edouard qui se laissait délurer avec enthousiasme. Ses parents ne tardèrent pas à demander à la direction de le séparer de cet Antoine Delhomme à l'influence néfaste. Edouard en éprouva une violente peine et devint si mélancolique que ses résultats scolaires se dégradèrent considérablement.

Antoine, quand il daignait travailler, obtenait des notes de très bon niveau. Il excellait en littérature et en anglais. Cependant, il lui arrivait souvent de rendre copie blanche par pure contestation ou par manque d'intérêt pour le sujet. Ainsi, il oscillait entre la tête et la queue de classement. Il en voulait beaucoup à Jean de l'avoir enfermé dans cet endroit. Il se sentait abandonné. Ses techniques d'évasion se sophistiquèrent. Un soir, il sortit, déguisé en femme de ménage. Une autre fois, il descendit en rappel par la fenêtre du troisième étage, à l'aide d'un cordage fait de ses draps attachés, comme il l'avait vu faire au cinéma. Généralement, il rentrait le lendemain, dans la journée, subissant des punitions de plus en plus sévères. La menace d'exclusion devenait de plus en plus précise.

Lors d'une de ses escapades, Antoine décida de se rendre chez Paula. Il ne fallait pas que Jean s'y trouvât. Le môme savait maintenant que Paula faisait le tapin, que Jean était son mac et qu'il avait une dizaine de filles bossant pour son compte. En classe primaire, un grand lui avait balancé comme insulte « fils de mac » et il avait cru que le terme était en lien avec la prison. Quand, plus tard, il comprit, il en tira une certaine honte. Il n'aborda jamais le sujet avec Jean. Son père, ce héros qu'il avait longtemps cru libre, puissant, maitrisant son destin et celui de dizaines d'hommes et de femmes, lui apparaissait maintenant parfois, comme un pauvre bougre, prisonnier des filets qu'il avait lui-même tissés. Paula fut surprise de le voir.

— Tu n'es pas au lycée ?

— Je me suis cassé. Il est vraiment nul ce lycée, tu sais !

Elle l'avait alors accueilli, avec sa générosité habituelle, sans lui poser plus de questions, sans le sermonner. Elle lui avait préparé des spaghettis bolognaise parce qu'il en raffolait. Elle l'avait emmené danser, prétendant, à l'entrée, qu'il avait dix-huit ans, ce qui était peu crédible même s'il avait grandi d'un coup. Après cette folle soirée, elle le raccompagna au lycée où il réussit, cette fois-là, à rentrer sans que personne n'ait encore constaté sa disparition. Il multiplia les visites à Paula pour s'y réchauffer.

Le directeur n'alla pas par quatre chemins avec Delhomme :

— Nous avons tout essayé. Nous avons été extrêmement patients avec le jeune Delhomme. Nous ne pouvons pas le garder. Son comportement est source de désordres qui menacent l'équilibre de notre communauté, les élèves comme le personnel enseignant.

Jean adopta une vague attitude de contrition, adaptée à la situation. Il attendait que la vague passe.

— Il semble que ce jeune homme soit mu par le projet exclusif de perturber, de provoquer et d'agresser ceux qui sont là pour l'éduquer. Le mal est trop profond pour que nous puissions espérer quelque rémission en milieu ordinaire. Votre fils relève d'une institution spécialisée. Vous l'avez fait examiner par des spécialistes ? Il aurait besoin d'un accompagnement psychologique ou même psychiatrique…

Jean tressaillit. L'espèce de précieux, coincé du XVIème était en train d'insinuer que son Antoine était dingue ! Il se maitrisa pour ne pas lui casser la gueule. Il s'apprêtait à protester, à prendre ses cliques et ses claques et planter le malotru. L'autre ne lui laissa aucune possibilité d'expression. Sans être grossier ni violent, on ne pouvait le faire taire.

— Je passe sur ses fugues hebdomadaires, je n'ose imaginer en quels lieux il vagabonde. J'ai eu beau l'interroger, c'est une tombe. Je passe également sur son refus de faire certains devoirs, de participer aux tâches collectives ou de répondre aux questions de ses enseignants. Plus préoccupant pour nous et, je l'espère, pour vous : il clame sur tous les toits qu'il ne croit plus en Dieu. Il grave partout son slogan anarchiste : « ni Dieu, ni maître ! » Mais ce que nous ne pouvons vraiment plus supporter, Monsieur, c'est la grossièreté et l'outrecuidance avec laquelle il s'adresse à nous. Hier il s'est permis de répondre, de la manière la plus ordurière qui soit, à son professeur d'anglais qui le réprimandait parce qu'il se présentait au cours avec une demi-heure de retard. C'en est trop, Monsieur, vraiment trop. Je vous informe que votre fils est renvoyé de notre lycée.

Il avait terminé. Delhomme n'en pouvait plus. Il se sentait presque solidaire du petit : sans doute, le gamin avait-il cent fois dépassé les bornes mais il devait bien le reconnaître, avec le genre de provocation dont ce directeur venait de se montrer capable, lui-même avait failli dépasser les bornes. Il sut néanmoins rester courtois :

— Je comprends. Je reprends mon chien enragé et je vous salue.

Le directeur le regarda partir, estomaqué.

2

Avec Paula, Antoine était très à l'aise.

— Paula, tu connais pas une fille, une jeune qui voudrait baiser avec moi ? Je la paierai.

— Tu es puceau, mon petit ?

Il se trouvait d'un coup beaucoup moins à l'aise.

— Ben oui, Paula !

— Tu as quel âge, maintenant, Toinou ?

— J'ai eu quinze ans.

— C'est pas réglo qu'une pute aille avec un mineur. Et puis, tu n'as pas une copine de ton âge ?

— Dans mes lycées, il n'y a que des garçons. Je n'ai pas trop d'occasions.

— C'est pas faux ça ! Quelle drôle d'idée de mettre les gars d'un côté et les filles de l'autre à l'âge où on n'a qu'une idée, c'est de goûter de l'autre sexe ! Ecoute, je veux bien t'arranger le coup mais faut pas que ton père l'apprenne. Il m'en voudrait à mort.

— Franchement, il aurait vraiment rien à dire là-dessus ! Il serait quand même mal placé !

Elle lui présenta Jacqueline, une petite qui avait à peine vingt ans. Elle avait déjà une belle expertise et combla Antoine. Il avait été pressé et soucieux de bien faire, comme il se doit. Elle l'avait rassuré, elle l'avait aidé à durer un peu, elle avait été très tendre avec lui. Paula envoyait souvent à Jacqueline les très jeunes clients. Celui-ci était particulièrement mignon et touchant. Il avait appris à se montrer délicat avec les femmes. Antoine avait doucement caressé tout le corps de la fille, l'avait couverte de baisers malgré l'impatience de son désir. Après l'acte, il lui demanda plusieurs fois s'il avait été bon, puis il lui susurra des mots doux, maladroits et émouvants. Elle resta un peu plus longtemps que prévu. Alors qu'il plongeait dans une torpeur béate, elle lui dit :

— Allez, Toinou ! Tu es un homme maintenant !

— Attends, je vais payer !

Il voulut sortir un billet de sa poche.

— Laisse donc ! Paula m'a réglé d'avance.

— Alors je te paye une deuxième fois. C'était tellement bien que ça compte double.

— Mais non, bêta ! Garde tes sous, pour une prochaine fois !

3

Jean s'efforçait de maintenir le contact avec son fils. Entre deux orages, ils partageaient des moments de complicité forte. L'un et l'autre vivaient dans l'instant, sans rancune, sans calcul, profitant de la paix offerte quand la vie leur préservait un espace sans courant hostile. Ils savaient leurs divergences de plus en plus nombreuses. Le vieux avait gagné en patience ce que le petit avait perdu en innocence. Antoine essayait de tracer sa voie, se cognant aux murs, jetant aux orties ce qu'il avait adoré. Dieu par exemple. Il estimait désormais que seuls, les petits enfants pouvaient se laisser endormir par de telles sornettes. Il avait repoussé toute cette hypocrisie qui profitait au maintien de l'ordre établi. Au fond, il sentait bien toujours grésiller, en son cœur, quelque chose qui l'aurait poussé à lâcher prise, à desserrer les poings et à s'adoucir mais il n'était pas temps de l'écouter.

Même un père choisi doit être mis à mort.

Antoine malmenait donc le vieux tant qu'il le pouvait mais il lui ménageait des séquences de répit dont il profitait aussi. Quelques heures durant, revenait le temps de la joie d'être ensemble, de la confiance et de la simplicité.

Jean s'était mis en tête d'apprendre la boxe à Antoine. Le gamin était vif et avait en lui suffisamment de rage pour cogner. Mais il avait poussé tout en hauteur, rien en largeur. Pire que tout, même si sa hargne transpirait dans tous ses comportements, il ne la vivait pas dans son corps et habitait l'espace avec une forme d'indolence gauche et hésitante. Au grand dam de son père, Antoine n'aimait pas le sport et semblait maintenant plus attiré par les joutes verbales que par un beau combat au corps à corps, lui dont le goût pour la bagarre désespérait Rouvillois lors de ses débuts à l'école. Jean l'entraînait au combat.

— Je vais pas te faire mal, quand même ! protestait Antoine.

— Mais si ! Vas y ! Je suis en cuir, frimait le père.

Jean lui envoyait quelques coups.

— Protège ton visage, toujours ! Tes poings devant ton visage ! Merde ! Fais un effort ! Quand tu étais petit, tu te débrouillais mieux.

Antoine essayait de lui faire plaisir, malgré tout. Il était soulagé quand ça s'arrêtait. Jean justifiait :

— Pour moi, la boxe a été à la fois mon exutoire, ma force et mon salut.

— Je sais, p'pa. Moi, c'est pas pareil. Tu sais, on peut s'en sortir dans la vie, sans savoir boxer.

— Avec quoi tu te défends ?
— Avec un flingue, pardi !
Comme Jean fronçait les sourcils, il précisa :
— Je rigole, voyons !
Ils marchaient maintenant côte à côte, le long du sentier qui menait à l'étang.

4

Dédé la Seringue avait bien géré ses affaires, il tenait maintenant le haut du pavé. Il avait d'ailleurs abandonné ce surnom de petite frappe pour son vrai nom : André Pinson. Il avait atteint ce niveau de malhonnêteté qui permet d'obtenir assez de tissu pour recouvrir complètement tout ce qui doit être caché, donnant ainsi à son commerce la belle apparence de la respectabilité. Jean le retrouva de très mauvaise grâce. Ce pinson-là avait toujours été un oiseau de malheur.

— Tu végètes, mon pauvre Jean. Tes petites affaires, ta petite routine, tu te rouilles.

— T'inquiète pas de ma santé. Ça me va bien les petits formats.

— Tu vaux mieux que ça, mon vieux.

— Je sais, je sais. Que veux-tu, je n'ai pas d'ambition ! Ma carrière est derrière moi.

— Ecoute, le Jean, je te propose un coup d'enfer, un vrai jack pot ! Presque sans risque.

— Tu me prends pour un cave ? Toi, mon pire ennemi, tu m'apportes un coup en or sur un plateau ! Laisse-moi rire ! Toi qui as voulu me donner aux flics à Cabourg !

— C'est du passé, tout ça ! J'avais besoin de protection. Aujourd'hui, c'est moi qui la donne.

Un braquage arrangé dans une bijouterie, ça te dit pas ?

Jean faisait montre d'une ostentatoire indifférence.

— Cinq millions, mec ! Tu as trois diams à prendre. Tout est prévu. Ils préviennent pas la police, tant que vous êtes dans la place. On a un acheteur pour les diams, un arabe. Rapide. Après ça, on est tous ensemble, soudés, à la vie, à la mort. Le taulier récupère l'assurance et la moitié de la vente. Moi, je me prends mille cinq cents briques et toi, tu en gardes mille.

— Dégage, Dédé !

— Réfléchis, Jean. Tu vas passer à côté de l'affaire de ta vie. Moi, je dis ça pour toi. De toutes façons, si tu refuses, les belges marcheront.

— Eh bien, va donc voir les belges.

Jean se leva et martela calmement mais fermement :

— L'audience est terminée. Je te salue. Et bonne chance !

Monsieur Pinson enrageait.

Jean n'avait pas besoin d'argent. Ses affaires ne marchaient pas trop mal et, en cas de coup dur, le prix du sang prospérait sur un compte en Suisse. Les autres, ceux de la bande, en revanche, ils étaient souvent à sec. Ils se partageraient volontiers un million de francs. Et pourquoi pas cinq millions ? L'idée de doubler le Pinson excitait Jean bien plus que l'appât du gain. Il savait que les belges avaient topé avec Dédé. Il se rencarda sur leurs plans. La facilité avec laquelle il obtint toutes les informations flattait son égo : malgré la pédale douce, il gardait une influence certaine dans le milieu. Il récupéra également tous les éléments sur l'agencement et le système de sécurité de la bijouterie ainsi que de précieux renseignements sur le personnel de l'établissement. Finalement il fut mis au parfum de la date et de l'heure prévues pour le casse bidon. Il décida d'une opération à mener deux heures avant l'arrivée des belges. Il connaissait Pinson suffisamment pour se faire passer pour lui au téléphone auprès du bijoutier et annonça que l'intervention était avancée.

Il avait demandé à chacun de ses hommes de se peaufiner un alibi en béton. Toute leur force résiderait dans cet alibi. Il fallait qu'il se concentre sur ce seul point car le reste serait du gâteau. Lui-même s'arrangea pour se retrouver au poste pendant tout l'après-midi, au moment même où les diamants étaient dérobés. Il se fit embarquer après avoir provoqué un pugilat à quelques mètres seulement du commissariat du XIXème, le plus loin possible du lieu du crime. Il n'avait pas prévu qu'il passerait aussi la nuit au poste mais au moins n'avait-il aucun risque d'être soupçonné d'une quelconque participation au casse de la bijouterie Dervouet.

Gégé, Georges, petit Gérard et Salami étaient fin prêts. Ils avaient bien organisé leur couverture : Gégé et Salami avaient loué une piaule dans une pension de famille si peu insonorisée que l'on entendait le moindre soupir poussé chez le voisin. Ils s'y étaient installés une semaine avant le casse et s'étaient débrouillés pour bien se faire connaître de tous les locataires, discutant longuement avec les uns et les autres et en particulier avec le taulier. Ils invitaient tous les jours Georges à les rejoindre avec grande ostentation. Ils avaient enregistré, depuis chez Georges, une vive conversation entre eux d'une durée de deux heures. Le bègue, qui ne devait pas participer au braquage, était chargé de déclencher le magnétophone pour passer l'enregistrement dont le tenancier de la pension et les quelques pensionnaires présents en journée purent largement profiter. Les éclats de voix envahissaient tout l'immeuble. Les propriétaires des oreilles agressées vinrent se plaindre tour à tour. Le bègue arrêtait alors le magnétophone, se montrait à la porte tout en la coinçant pour qu'on ne voie pas à l'intérieur et après avoir entendu les récriminations des voisins, il lançait à destination de la chambre vide où étaient supposés se trouver Salami et Georges :

— Vous…vous..vous avez ent..ent..entendu. Fai…fai…faites moins de b…b..bruit !

Son visiteur parti, il rallumait le magnétophone, légèrement moins fort. Gégé et Salami avaient évacué la pension de famille, en passant par une fenêtre donnant sur l'arrière cour. Ils diraient plus tard à la police qui les interrogea tous, quand les soupçons furent dirigés sur Delhomme, qu'ils avaient passé tout l'après-midi ensemble, à refaire le monde. Plusieurs pensionnaires ainsi que le gérant purent en témoigner. Ce dernier affirma même les avoir vus tous les trois pour les engueuler… Petit Gérard s'était, quant à lui, appuyé sur la ressemblance troublante qu'un de ses cousins présentait avec lui et put ainsi bénéficier de témoignages assurant qu'il patinait à Boulogne, au moment même où il s'emparait des diamants.

Sur le terrain, la petite bande se débrouilla à merveille. Tout marchait sur des roulettes. Le boss serait content. Ils partirent avec le butin qu'ils confieraient plus tard à un certain Monsieur Claude chargé de la revente en Suisse. Lorsque les belges arrivèrent sur les lieux, le nettoyage avait déjà été fait. La police était sur place, alertée, en différé comme prévu, par le propriétaire de la bijouterie. La confusion s'installa. Les flics cueillirent Jojo le belge et ses complices. Jojo sortit son arme et la braqua sur les agents. La panique s'empara des gangsters qui n'avaient pas prévu ce scénario, les policiers devaient protéger le personnel et les passants. Un coup de feu partit, suivi d'un deuxième. Jojo s'écroula. Les autres furent tous coffrés.

On s'expliqua mal le retour des belges sur les lieux après avoir, croyait-on, réussi leur coup. On rechercha en vain le butin. Un indicateur téléguidé par Dédé orienta les recherches sur Delhomme. L'enquête abandonna vite cette piste compte tenu de toutes les précautions prises par Jean et ses coéquipiers.

Ils profitèrent de leur petit pactole après déduction de la part des différents intermédiaires pour l'écoulement de la marchandise. Chacun toucha environs quatre-cent-cinquante-mille francs, ce qui permettait de remettre du beurre dans leurs épinards pendant quelque temps. Ils avaient insisté pour que le boss, qui avait tout organisé, touche sa part. Jean, une fois de plus, ne goûta pas la joie du coup réussi. Il réalisa, trop tard, comme d'habitude, qu'il s'était laissé glisser sur sa mauvaise pente, en s'abusant lui-même avec de faux arguments tels que les difficultés financières de ses amis et la nécessité de les aider. Il savait qu'au fond, il avait uniquement voulu jouer contre André Pinson et que son orgueil avait été son seul moteur.

Il se dégoutait d'autant plus que Jojo le belge en était mort.

5

Quand il reçut l'appel du commissariat lui signifiant de venir rechercher son garnement, ce fut pour Jean un choc violent. En entendant « police », il s'attendait à un rebondissement dans l'affaire des diamants, à une connerie d'un de ses gars ou un écart de trop, rue Blondel mais il n'avait jamais voulu envisager que l'attitude rebelle d'Antoine puisse le conduire là aussi. Il se dit qu'il avait vraiment été un mauvais père, un exemple déplorable, un éducateur minable. Il n'avait servi à rien. Il avait envie de s'excuser auprès du juge Fournier dont il avait trahi la confiance.

Il décida d'accueillir le gamin avec compréhension, sans accusation. Quoi qu'il ait fait, ça ne pouvait pas être pire que le vol de la bijouterie avec mort à la clé. Il n'avait aucune légitimité pour l'accabler. Il ne dit rien. Mais Antoine, au lieu de faire profil bas, réagit avec agressivité.

— De toute façon, tu n'as rien à dire ! Combien de fois, toi, tu t'es retrouvé chez les flics !

— J'ai rien dit, Antoine.

— Justement, tu me fais bien sentir que je suis en tort. Ton silence pesant est terriblement accusateur.

— Tu préfèrerais que je t'engueule ?

— Tu sais faire que ça, gueuler ! Tu fais peur à tout le monde. Et ça te fait plaisir de terroriser la terre entière. T'es qu'un facho !

Jean émis un grondement qui aurait pu laisser présager une rupture de la maîtrise conservée jusqu'alors. Toutefois, il n'explosa pas.

— La dernière fois, j'étais un vieux con, maintenant un facho. Tu ne sais même pas ce que ça signifie « facho ». En tout cas, je ne vois pas ce que tu continues à faire avec un type comme moi. Ça doit vraiment être horrible pour toi de devoir te coltiner ce vieux con facho ! On peut directement aller voir le juge, si tu veux, il pourrait te trouver un placement pour te sortir de cet enfer.

— Voilà ! Je suis juste un paquet dont on se débarrasse quand il ne plaît plus. Tu ne veux plus de moi, c'est ça ! Tu n'arrives jamais à supporter personne. Au bout d'un moment, il faut que tu vires les gens de ta vie. Moi, j'ai tenu dix ans, c'est un record. Allez, jette-moi, comme les autres.

Jean perdit son self contrôle. Cette allusion mauvaise à son passé, c'était trop ! Il attrapa

Antoine par la peau du dos et l'entraîna quatre à quatre dans sa chambre.

— En attendant, je veux plus te voir, morveux ! Tu disparais de ma vue.

Il claqua la porte et retourna s'asseoir à son bureau.

Le policier l'avait alpagué à son arrivée :

— Vol de voiture ! Conduite sans permis, à quinze ans ! Dégradation du bien d'autrui ! Et je passe sur toutes les infractions et mises en danger de vies humaines pendant leur virée à travers Paris. Heureusement qu'ils ont heurté ce kiosque à journaux. Au moins ça a arrêté leur cavale et ça nous a permis de les appréhender.

— Je suis désolé. On va réparer.

— Il y aura un jugement.

Jean fit un geste d'impuissance. Il ne pouvait s'empêcher de penser que ce n'était pas bien grave. Il ne pouvait non plus s'empêcher de penser que le gamin marchait dans ses traces et en être profondément bouleversé.

Il n'avait rien dit en le récupérant. Qu'aurait-il pu lui dire ? Bravo, mon fils ! Une première arrestation, ça se fête ! La lampe d'Antoine restait allumée. Jean passa trois heures, prostré. Toutes ces années depuis l'arrivée du petiot défilaient.

Le craquement du parquet le sortit de sa torpeur. Antoine, les yeux rougis, revenait, hésitant. Quand Jean leva les yeux vers lui, le gamin recula de trois pas, craignant la vive réaction de son père. Il se rendait bien compte qu'il avait asséné à Jean des propos terribles et méchants alors que celui-ci ne l'avait même pas savonné. Il est vrai qu'avec ses yeux, il pouvait être plus culpabilisant qu'avec des mots. Ses yeux emplis de désespoir et de déception, même s'ils disaient aussi « je ne t'en veux pas», ils vous obligeaient à vous sentir tout petit, tout moche. Jean tendit le bras, en une invitation à s'approcher. Antoine prit place en face de lui. Toute expression d'insolence et de rébellion l'avait quitté. Même si cet homme avait une mentalité l'apparentant plus à l'âge des cavernes qu'au vingtième siècle, même s'il manquait totalement de subtilité, de souplesse, de tolérance, d'ouverture d'esprit, même si son monde était à des années-lumière de celui de son fils, Antoine savait qu'il valait mieux rester avec lui. D'une part, les autres adultes s'avéraient généralement encore plus insupportables que celui-là et d'autre part, on ne lui permettrait pas de vivre seul ou avec des copains. Il était préférable de supporter son daron encore quelques années. En plus, il devait bien se l'avouer, il l'aimait quand même toujours un peu ce père raté mais choisi.

— Je suis désolé, papa.
— C'était quoi comme voiture ?
— Une Porsche 912.

— Pas mal !

— Je l'ai bousillée.

— J'imagine. Conduire, ça s'apprend, comme le reste. Heureusement que vous avez tué personne.

— Hervé est à l'hosto…

Hervé était son complice dans cette équipée sauvage. Jean savait qu'il s'en tirait avec deux côtes cassés. On avait évité le pire.

— Si on arrêtait les conneries ?

— Qui ?

— Toi et moi. Toi, tu essaies de ne plus faire les quatre-cents coups et moi j'abandonne mes activités malhonnêtes et je prends un troquet.

— Faut pas croire que c'est à cause de toi, p'pa. J'ai juste envie de goûter à tout, de vivre à fond, tu comprends ?

— Si tu veux essayer une voiture, tu me demandes. Je suis peut-être un vieux con facho mais je te permets pas mal de choses, non ?

— C'est pas pareil. C'est plus rigolo avec les copains. Entre nous.

— Désolé de jouer les rabat-joie mais tu vois comment ça finit et comment ça aurait pu finir.

— Ce qui est arrivé, je le vois bien, ce qui aurait pu arriver, on n'a pas besoin de s'en soucier puisque ça n'est pas arrivé.

Jean soupira. Il se leva, posa la main sur la tête de son fils :

— Quelle caboche ! Qu'est-ce qu'on va faire de toi ? Va te coucher, va ! Demain tu as cours.

— J'ai envie d'arrêter.

— Non, Antoine. Pas ça ! S'il te plaît ! Tu as des possibilités pour aller très loin, tu es très intelligent. Que tu fasses des bêtises, que tu fugues, que tu sois effronté, c'est déjà un handicap. Au moins, prends-toi le maximum d'armes pour te défendre. Va au bout de tes études.

Antoine le regardait. Il voulait le serrer dans ses bras et lui dire : « arrête de t'inquiéter pour moi ! » Il se contenta d'affirmer :

— Tout va bien se passer pour moi.

Jean sourit tristement. Il se leva aussi. La nuit fut courte.

6

L'esprit de révolte qui enflammait peu à peu la jeunesse brûlait depuis longtemps dans le cœur d'Antoine. Il séchait les cours pour participer à des manifestations, à des débats auxquels il ne comprenait pas grand-chose et dans lesquels personne ne s'écoutait ni ne s'entendait. Il quittait son lycée-caserne de garçons pour aller rejoindre les militants et surtout les militantes de la cause révolutionnaire, dans des salles enfumées où il pouvait contenter son désir de goûter à tout et des ambiances survoltées où il pouvait contenter son désir de vivre à fond. Il savait qu'en manquant des journées entières de cours comme il le faisait, il risquait un cinquième renvoi qui le cataloguerait indésirable dans tous les lycées de France et le rendrait incasable. Pourtant, il n'avait aucune intention de rentrer dans le rang. Tout était bon : les baisers de Clara, les slogans qui claquaient, les joints partagés, les soirées à danser,… Seul le peinait le visage réprobateur du père, ce rappel à l'ordre d'autant plus terrible qu'il était muet et criait la souffrance aimante du père.

Delhomme avait des craintes au sujet du jugement pour le vol et l'accident de voiture. Il avait tenté de le prévenir :

— Fais attention, gamin ! Si tu refais une connerie là-dessus, ils ne vont pas te rater, ils vont t'envoyer en centre de redressement ou peut-être même en taule.

Antoine avait haussé les épaules.

— Pas pour un vol de bagnole quand même !

Delhomme décida de partir à la recherche du juge Fournier pour lui demander de l'aide. Pendant les premières années après l'arrivée d'Antoine, le bon juge avait été présent ; en toute discrétion, il les avait gardés à l'œil. Il avait toujours valorisé les progrès d'Antoine. Il félicitait le père pour les résultats scolaires du petit. Il le rassurait, l'encourageait. Puis Fournier était parti en retraite. Jean l'avait perdu de vue. Il réussit néanmoins à reprendre contact avec lui.

— Je suis sincèrement désolé de vous déranger pendant votre retraite…

Le vieux juge le mit à l'aise. Delhomme expliqua les difficultés rencontrées avec son fils adoptif : les renvois successifs des lycées, son inconduite et surtout le jugement prochain. Fournier lui répondit :

— Je ne suis pas surpris que l'adolescence de ce môme soit difficile. C'est compliqué pour tous les gamins et donc pour tous les parents. L'époque rend les choses encore plus explosives. Alors avec Antoine, on a forcément un cocktail Molotov. Je comprends votre impuissance. Vous avez réussi à maîtriser votre tendance à l'emportement facile et vous lui avez témoigné écoute et compréhension. Maintenant, franchement, pour tout vous dire, je pense qu'il a besoin de fermeté. Pas de colère, ni de violence, hein ? Mais de la fermeté. Montrez-lui que vous n'êtes pas d'accord.

Il marqua une pause.

— Avec cette histoire de voiture, je pense pas qu'il risque gros. C'est la première fois. Il n'a pas d'antécédents. Fort heureusement, les fils de délinquants ne récupèrent pas le casier de leur père… En tout cas, il n'ira pas en prison. Ça aurait pu être grave mais le pire a été évité. Le risque, c'est qu'ils considèrent que l'environnement familial ne lui apporte pas de repères suffisamment solides.

— Qu'ils pensent que c'est de ma faute si Antoine est un voleur ?

— Oui, concéda le juge. Avec les maigres relations qu'il me reste, je veillerai à lui éviter le centre de redressement. Mais il faut qu'il se calme.

Fournier se gratta le menton, il plongea son regard dans celui de Delhomme :

— Et puis, vous savez Delhomme, il y a une chose très importante que vous pourriez faire pour l'aider à arrêter ses bêtises, c'est d'arrêter les vôtres. Il n'aurait pas tort le juge de considérer qu'un jeune voleur n'est pas dans les meilleures conditions pour s'en sortir en étant auprès d'un père voleur. J'y crois beaucoup, moi à l'exemplarité. Malgré tout, vous avez été un bon exemple pour beaucoup de choses et c'est pour cette raison que je vous ai fait confiance. Aujourd'hui, pour Antoine, vous devez vous faire honnête.

Il martelait ses mots.

— Vous croyez que c'est simple ! Mes gars, mes filles, c'est une famille. Si je les abandonne, ils vont devenir quoi ? Avec moi, ils sont des voyous certes mais des voyous corrects. Vous pouvez pas comprendre !

— Mais si je peux comprendre ! Ça ne justifie rien mais je comprends ce que vous dites. Et vous n'avez pas des petites économies que vous pourriez partager avec eux pour leur assurer des jours tranquilles ?

Jean avait parfaitement reçu le message. Il ne s'engagea pas devant le juge mais Fournier avait la conviction que cet impossible attendu se produirait. Il avait même compris que le bonhomme avait déjà décidé de se ranger avant même de venir chez lui. L'orgueilleux ne l'avait pas avoué mais Fournier lisait en lui comme dans un livre. Le sentiment d'avoir assisté à une conversion lui emplit le cœur d'une profonde émotion.

7

Le juge avait vu juste. Jean considérait qu'il l'avait pris cet engagement devant Antoine : « si on arrêtait les conneries ! » En ce mois de mars 1968, après vingt-trois années d'une vie hors-la-loi et hors-la-morale, vingt-trois ans d'une vie de bandit jouant au chat et à la souris avec la maréchaussée, Jean Delhomme devint honnête. Il montra l'exemple. Il céda ses affaires à Georges et racheta un petit bistro, près de la place Clichy. Il proposa à Paula, sa fidèle amie, de travailler avec lui. À eux deux, ils feraient tourner la boutique.

Marie prit sa retraite, elle avait soixante-treize ans. Jean lui avait acheté un appartement dans le XVIIIème, non loin de son petit bar. Elle avait un peu protesté mais il dit qu'il lui devait bien ça après tant d'années où elle avait veillé sur lui et toute son équipe avec dévouement et tendresse. Il savait qu'il n'avait pas été facile et elle avait non seulement supporté son caractère de cochon mais aussi réussi à l'infléchir. Elle avait aussi beaucoup compté pour l'éducation d'Antoine. Comme elle répliquait que c'était bien naturel et qu'elle y avait trouvé tout son bonheur, il conclut :

— D'abord tu discutes pas ! Je suis encore le patron jusqu'à ce soir et je veux que tu acceptes cet appartement. Je sais qu'il te plaît, je peux te l'offrir puisque je suis riche. En plus, je te garde près de moi, comme ça, je pourrai encore venir profiter de tes bons petits plats.

Il avait maintenant un beau matelas : le trésor de guerre, la vente de ses « fonds de commerce » (même à prix d'ami), la vente de la maison. Le modeste troquet, logement à l'étage compris, n'entamait que modestement ce beau capital. Il put se montrer généreux avec ses amis pour les aider à prendre leur envol. Il lui restait encore une belle grosse poire pour la soif.

Ils organisèrent une mémorable fête avant de quitter la Ville du Bois. Jean qui ne voulait pas souligner son retrait des affaires présenta la fête comme celle d'un nouveau départ pour tous. Ils étaient tous là, même ceux qu'on ne voyait plus que de loin en loin. Petit Gérard se sentait devenir orphelin et pour éviter de gémir sur son sort, il but au-delà de ses possibilités tant et si bien qu'il frôla le coma éthylique. Paula dansa avec Antoine, puis avec Jean. Pour elle, c'était vraiment la fête : fini le tapin ! Et surtout elle aurait Jean pour elle toute seule. Certes ils ne vivraient pas ensemble, Jean ne voulait pas, mais toute la journée, elle serait auprès de lui. Serge vint aussi pour faire ses adieux à ses amis. Lui aussi partait. À la rentrée prochaine, il allait enseigner à Madagascar, au titre de la coopération. Jean ne lui cachait pas son admiration. Il considérait son ami comme un saint.

La nuit fut belle, folle et émouvante.

8

Paula et Jean furent rapidement appréciés et estimés dans leur nouveau quartier. Leur empathie, leur gentillesse et leur simplicité attirèrent le monde, le petit noir et la bière généreuse firent le reste. Ils proposaient un plat du jour le midi qui connut vite le succès. Ils étaient tous deux bons cuisiniers et se disputaient à qui serait aux fourneaux. Ils recrutèrent Farida, une sœur de Rachid, pour les seconder.

Mais plus Jean s'élevait, plus Antoine s'enfonçait. Vivre à Paris le rapprochait du lycée et lui évitait l'internat mais cela lui facilita l'accès à tout ce qui lui mettait la tête et les sens à l'envers.

Jean allait fermer le bar. Il regarda sa montre : il était 23 heures passée. Antoine n'avait pas encore reparu depuis son départ le matin. À 8 heures, il fallait l'extraire du lit pour qu'il se mette en route. Le père devait ouvrir les volets et faire mine de le pousser par terre pour qu'il daigne se lever. Allait-il vraiment en classe ? Rien n'était moins sûr. Le soir, il rentrait tard, traînant derrière lui une odeur de shit et d'alcool. Ils n'échangeaient plus une parole. Antoine répondait aux sommations de se lever par quelques grognements. Une fois debout, il débarrassait le plancher sans prendre le temps de déjeuner et en ayant réduit la toilette au minimum. Il était devenu un étranger hostile et fermé.

Jean décida de l'attendre. Il devait lui parler. Il était épuisé. Le service, la plonge, la cuisine, l'approvisionnement : son nouveau boulot était particulièrement fatiguant même pour quelqu'un qui ne renâclait pas à l'effort physique comme lui. Il luttait donc contre le sommeil, plongé dans les souvenirs des jours heureux : les photos de Cabourg, des dessins d'école du gamin, un prix d'excellence qu'il avait quand même finalement reçu en CE2. Soudain, le bruit de la porte d'entrée qui s'ouvre et se claque, se fit entendre. Jean se leva et se planta en haut des escaliers.

— C'est à cette heure-ci que tu rentres ?

— Epargne-moi une scène pathétique et dérisoire !

— Demain, on a le tribunal pour les enfants.

— Pour les enfants ? Ça doit pas être avec moi !

— Fais pas l'imbécile ! Tu vas venir même si je dois t'enchaîner pour t'y traîner !

— Bon voilà, ça y est, tu as montré ton autorité ! C'est parfait. Tu es à la hauteur. Maintenant laisse-moi aller dormir !

— Non ! Tu vas m'écouter !

Antoine applaudit.

— Bravo ! Le malzingue[4] s'efface, la frappe renaît !

Jean ne supporta pas ce mépris, cette lueur méchante dans ses yeux. Il ne songeait même pas au conseil de fermeté – mais pas de violence – donné par Fournier, sa seule préoccupation et sa seule urgence furent d'effacer ces expressions insupportables sur le visage d'Antoine. Une gifle partit, suivi d'une autre.

Antoine fut, un instant, désarçonné. Il avait, bien souvent, subi la violence impulsive de son père mais depuis quelques temps, le vieux semblait converti au pacifisme alors que le jeune, lui, se sentait devenu invincible. Il se retint de rendre gifle pour gifle car malgré l'effet désinhibant de ce qu'il avait consommé, il n'osait pas frapper le père. Il l'abattrait avec des mots :

— Tu crois que tu peux me donner des leçons, toi ? Tes seuls arguments, c'est de cogner ! J'ose même pas te rendre tes coups parce que tu me fais pitié. Tu crois que tu peux me donner des leçons ? Les tribunaux, tu connais bien, hein ? Tu peux même m'expliquer comment ce sera la prison !

— Tais-toi, Antoine !

— En plus tu as passé ta vie à faire des mauvais coups pour l'argent ! Tu l'as vue, ta vie ?

---

[4] *Bistrotier en argot*

L'argent sale qui coule à flot ! Tu n'as jamais eu d'idées politiques. Moi, je vais participer à la révolution. Toi tu es un allier du système. Tu t'es fait plein de tunes grâce au système capitaliste. Et puis, il faut voir comment t'as exploité les gens : la pauvre Marie, elle bossait seize heures par jour, y compris le week-end et elle a fait ça jusqu'à plus de soixante-dix ans ! Quel esclavagiste ! Et les putains, tu prenais de l'argent sur le commerce de leur corps. C'est pas dégueulasse ça ! Et les gars que tu frappais comme des chiens ! Un monstre qui ne s'intéresse qu'au fric ! Et tu vas me donner des leçons ?

— Antoine, c'est ça que tu penses ? Tu entends ce que tu dis ? Pour parler de Marie, de Paula, de petit Gérard et des autres qui sont ma famille et qui étaient la tienne ! Et la tune ? Tu en as bien profité, non ? Ça t'a plu la grande maison, les vacances, les sorties ? Tu préférais peut-être le foyer ou l'orphelinat ? Dis-moi, dans les yeux, là, dis-moi que tu as été malheureux !

Antoine ne répondit pas. Jean l'entraîna dans le salon, il le fit s'asseoir et se plaça face à lui.

— Je comprends que tu ne sois pas bien, je conçois que tu te révoltes contre cette société. Moi qui n'ai jamais eu d'idées politiques, je me suis quand même révolté contre l'occupant nazi et la collaboration et on n'était pas très nombreux à le faire et c'était plus dangereux que de crier dans les rues d'aujourd'hui. Alors tu vois, tu peux me cracher à la gueule, mon petit parce que oui, la société qu'on vous laisse, elle est moche, elle est pleine de guerres, d'inégalités, d'oppression. Tu peux gueuler contre tous les adultes parce qu'ils sont complices de ce bordel. Mais, dans ta haine, ne dis pas n'importe quoi ! Ce qui m'a guidé, ce n'est pas l'argent, c'est cela même qui te dresse contre moi aujourd'hui ! C'est l'orgueil, petit !

Jean prit une profonde respiration.

— Tu veux faire la révolution à seize ans, plutôt que d'aller au lycée ? Très bien. Mais tu ne me parles pas comme ça ! Tu ne me parles pas comme ça ! Quand on vit avec quelqu'un, il y a un minimum de correction à avoir, ça passe par des petites choses comme de dire « bonjour », « au-revoir » ou « merci », prévenir de l'heure à laquelle on va rentrer, répondre quand l'autre pose une question. Ça s'appelle le respect. Le système capitaliste est monstrueux parce que, contrairement à moi, il ne respecte pas les êtres humains, il les broie. Alors, les communistes, plus que les autres, ils doivent respecter les gens. C'est un minimum !

Antoine osa :

— Je suis pas communiste.

— Oh je sais pas comment vous vous appelez : trotskistes, maoïstes, révolutionnaires prolétariens ! Je m'en fous ! Tout ce que je sais c'est que si on veut se battre pour une humanité plus belle, on ne doit pas se comporter comme un gougnafier.

Il se sentait un peu calmé, le gamin semblait l'écouter. Jean était rassuré, il n'avait plus devant lui ce démon aux yeux exorbités, l'accusant et le menaçant mais un gamin perdu. Il retrouvait son gamin.

— Et puis, tu sais, les bandits, ils font aussi trembler les puissants.

Il regretta aussitôt cette phrase qui constituait une tentative de justification d'un passé vis-à-vis duquel il refusait toute complaisance.

— Encore un truc, Petiot, puisque cette nuit, on se parle : au risque de passer pour un attardé préhistorique, je pense que tes saloperies de drogue te font beaucoup de tort et si tu laissais tomber ces merdes, beaucoup de choses iraient mieux. Voilà ! Mais j'imagine que mes propos sont très « petit-bourgeois ».

9

La comparution au tribunal ne se passa pas trop mal. Antoine consentit quelques efforts. Il alla même jusqu'à exprimer remords et excuses. Comme il s'agissait d'une première condamnation pour lui et ses deux camarades, ils écopèrent d'un avertissement solennel, d'une interdiction d'aller et venir sur la voie publique entre 23 heures et 6 heures, sans être accompagnés et d'une substantielle amende pour les dégâts causés. Le gamin eut l'air sensible aux admonestations du juge. Quand ils sortirent Jean exprima son soulagement. Il avait été mis en cause à plusieurs reprises au cours de l'audience, à raison de « l'exemple déplorable que ce repris de justice constituait pour un enfant perturbé et influençable ». Il fut amené à justifier du caractère respectable de ses activités et attester de l'abandon de toute conduite illicite. Antoine, lui, avait dû se confectionner une mine et une attitude de repenti, il s'était tendu dans un effort considérable pour éviter toute provocation ou toute agression contre « une justice aux ordres de la bourgeoisie plus sévère envers les enfants qui volent et détruisent des Porsche qu'envers les puissants qui affament et tuent des enfants aux quatre coins du monde ». Il éprouva un fort besoin de relâchement et il se complut à exprimer cette immorale conclusion :

— Finalement, heureusement que mon père, ce bandit, a pu se constituer un magot. Sans ça, on n'aurait jamais pu payer l'amende et ils m'auraient enfermé.

— Petit con, va !

Delhomme paya pour les trois mômes, les parents des deux autres n'avaient pas les moyens.

Au regard des vives tensions des mois précédents, mai 68 se déroula gentiment chez les Delhomme.

10

Antoine avait pris conscience des qualités de son père. Ce père qui frimait pour épater la galerie ne mettait jamais en avant les actions dont il aurait pu vraiment être fier : les vies qu'il avait sauvées, les risques qu'il avait pris non pas pour de l'argent mais pour aider, soutenir, protéger, les idéaux qui l'animaient et pour lesquels il donnait sa vie, son énergie et sa tranquillité. Il jouait le rôle du mauvais garçon et cachait tout ce qui ne cadrait pas dans ce rôle, quand bien même il avait raccroché les gants. Les conversations violentes qu'ils avaient eues avant le tribunal avaient profondément marqué l'adolescent. Les évènements de mai les avaient encore rapprochés : Jean n'était pas une brute profiteuse, dénuée de principes et de conscience politique, il était du côté des pauvres et donc du même côté qu'Antoine.

Antoine avait noué une forte amitié avec Hervé, celui-là même qui l'avait suivi quand, matant cette Porsche avec la clé sur le contact, le propriétaire sortit embrasser sa fiancée, Antoine avait lancé : « on y va ? ». Hervé qui s'était fracassé les côtes dans l'accident et qui avait subi l'épreuve du tribunal. Hervé était orphelin de père et devait supporter un beau-père qui le trouvait encombrant et espérait profiter de son délit pour s'en débarrasser. Il fit la connaissance de Delhomme-père lors de l'audience. Ils prirent un pot, tous les trois quelques temps après. Hervé était enthousiaste :

— Il est génial, ton daron ! Tu as vraiment du bol ! Un mec comme ça, tu vois, il incarne la liberté ! Il a vécu ses rêves sans temps mort. Il s'est foutu de l'ordre établi, sans peur du danger. Moi ce que j'aime chez lui, c'est qu'il nous juge pas. Il est même d'accord avec nous. Il veut aussi brûler le vieux monde. Tu as de la chance, mec ! Si tu voyais mon salaud de beau-dabe !

Il exagérait, il ne savait pas tout, il ne vivait pas avec eux. Pourtant, Antoine devait bien reconnaitre qu'il avait été, envers le vieux, dur et aveugle. Pour se rattraper un peu et pour faire plaisir à Jean, il lui fit part – à petites doses, quand même – de ses réflexions, de ses aspirations et de certaines de ses activités. Il se rendit compte que Jean n'avait jamais parlé de sa jeunesse, du temps d'avant la Libération. Il posa des questions sur son enfance et sa jeunesse. Delhomme n'aimait pas trop revenir sur cette époque tellement lointaine : quatre sœurs et un frère, il était le dernier, celui d'après-guerre, après la grande guerre d'où son père était revenu gazé, vidé et méchant. Son père, c'était un taiseux et un violent. À côté, lui, Jean, il était doux comme un agneau. Il est mort quand Jean avait huit ans. La mère, elle était usée, à s'occuper des six gamins toute seule, à bosser jusqu'à l'épuisement, elle était courageuse. Elle n'avait pas le temps d'être gentille, elle n'avait pas le temps d'être. C'était du Zola, son histoire ? Oui, ce n'était pas bien gai. Son grand frère était un teigneux qui le malmenait avec sadisme. Jean avait arrêté l'école à la mort de son père, il avait exercé des petits boulots de toutes sortes comme livreur, ouvrier agricole, vendeur de journaux… À la mort de sa mère, il avait quitté le Berry pour monter à Paris. Il avait seize ans. À Paris, il s'était endurci et cultivé. En 1940, mobilisation puis clandestinité.

— Tu crois plus en Dieu, petiot ?

— Quand c'est toi qui demandes, j'ai envie de répondre que si, j'y crois.

— Mais, en fait, tu n'y crois plus ?

— Papa, je crois que les êtres transparents comme toi peuvent devenir meilleurs grâce à Dieu. Ils se remplissent de Dieu et ils se dépassent. Pour les autres, Dieu ou pas, ça change rien.

— Et toi ?

— Moi, je t'ai obéi. Tu te souviens, tu m'as demandé de ne pas te ressembler. Je ne suis ni transparent, ni améliorable.

— Arrête de te moquer ! Je suis sérieux. Ça faisait longtemps que je voulais t'en reparler mais ce n'était pas possible... Ça me tourmente depuis que le directeur du lycée Saint-Paul m'a balancé à la figure : « votre fils ne croit plus en Dieu ».

— Ah, le lycée Saint-Paul...

Il rit.

— C'est vrai, ils m'ont bien dégoûté de la religion, ceux-là ! Ils ont mal digéré Vatican 2, là-bas. Depuis, j'ai rencontré des gars de la JOC et aussi des prêtres ouvriers. Eux, ils sont aux côtés des pauvres, comme Jésus.

— Oui, mais tu me dis pas si tu crois, toi, que Jésus est à tes côtés ?

— Je sais pas, Jean. Ce serait tellement bien.

C'était la première fois qu'il l'appelait Jean. Un effet bizarre. Son gamin devenait adulte.

— Papa, je crois en l'homme. C'est un peu pareil.

— C'est le bon chemin, en tout cas.

Il le fixa avec tendresse. Il boucla la valise qu'il venait de préparer. Il partait tous deux à Cabourg pour quelques jours.

Le bistro marchait fort. La carte s'était étoffée, il faisait brasserie le midi. Delhomme avait aussi racheté l'*hôtel du soleil* à Cabourg et il avait demandé à Paula de s'y installer. Elle avait d'abord protesté : il voulait se débarrasser d'elle ! Il lui promit de venir y passer quelques jours, tous les mois. Elle finit par céder. Elle devenait patronne et réalisait un de ses rêves les plus fous.

Le printemps était magnifique. Ils allaient avoir très beau temps et pourraient peut-être se baigner.

11

Contre toute attente, Antoine resta scolarisé dans le même établissement jusqu'au bac et il réussit à décrocher le diplôme dans la série A4, lettres et langues. Il n'en fit pas très grand cas. Il n'avait pas le cœur en joie car son amoureuse, Laura, venait de lui annoncer qu'elle partait en kibboutz, avec un certain David (« tu n'es pas triste au moins ? C'est l'amour libre ! »). Le cœur ne suivant pas toujours l'esprit, il était très triste. Il avait aussi la tête à la guerre du Vietnam, aux violences policières en Irlande du Nord et au procès Raton et Munsch. Le bac, c'était une affaire de petit-bourgeois.

Jean, lui, reçut le succès d'Antoine comme un évènement majeur de l'histoire du vingtième siècle. Il avait eu peur de le perdre, son gamin. Non seulement, il l'avait retrouvé - ce qui était l'essentiel - mais en plus, le petiot s'engageait maintenant sur un chemin royal pour réussir dans la société. À chaque client, il annonçait fièrement la nouvelle. Il offrit plusieurs tournées générales. Antoine voulait poursuivre des études de journalisme. Il deviendrait un reporter célèbre.

Le lendemain des résultats, Antoine accepta d'accompagner son père à Cabourg. Paula leur réserva un accueil triomphal. Elle leur avait préparé une blanquette de veau et une tarte tatin. Le champagne coula à flot. Après déjeuner, ils allèrent à la plage. Antoine et Jean disputaient une partie de volley-ball. Ils avaient l'intention de se baigner et s'étaient mis en slip de bain. Paula les observaient, ses hommes. Ils étaient beaux. Elle les aimait éperdument, tous les deux. Le petit et le grand. Elle disait toujours « le petit » pour Antoine et « le grand » pour Jean même si, du point de vue de la taille, la situation s'était inversée. Elle aurait voulu suspendre le temps, sur cette plage ensoleillée.

Ils revinrent déposer le ballon auprès de Paula et coururent jusqu'à la mer. Antoine entra dans l'eau, sans hésitation, d'un coup. Jean prit son temps, s'aspergea le haut du corps, avançant à petits pas. Ils nagèrent un long moment, Paula n'apercevait plus que leurs têtes au loin, petits points dérisoires. Elle se sentit envahie par un sentiment de panique et de solitude : elle les imaginait disparaître à jamais, sous les vagues. Elle se trouva stupide, se moqua d'elle-même mais elle ne parvenait pas à retrouver cette douce quiétude qui l'enveloppait de bien-être, l'instant d'avant. Quand ils ressortirent de l'eau, elle éprouva un vif soulagement qui la poussa à se lever, comme pour les accueillir. Elle tendit à

Jean sa serviette de bain et l'aida à se frictionner. Antoine préférait sécher au soleil.

Troisième partie 1971-1979
Aimer à perdre la raison

1

— Je t'avais dit de jamais cogner sur les flics !
— Tu m'as jamais dit ça !
— Tu m'as déjà vu rosser un cogne ?
Antoine encaissa tranquillement la mauvaise foi.
— Six mois, c'est pas trop long. Je devrais tenir.
— Et tes études ?
— Je vais m'accrocher. Je vais continuer en taule.
— Mon pauvre petiot ! Il vaudrait tellement mieux que j'y aille à ta place ! Il faudra que tu te montres méchant. En cabane, faut pas hésiter à montrer les dents, à donner des coups. Il faut que les autres, ils aient peur de toi. Le mitard, c'est toujours mieux que de se faire violer ou mutiler. On doit te respecter, tu comprends ? Tu dois leur faire peur !

Il le regarda avec attendrissement : ses maigres épaules, son visage de môme, ses gestes gauches, ce corps dégingandé.

— Comment tu vas faire peur, toi ? Je ne t'ai pas préparé à ça !

Antoine sourit malgré lui, à l'idée d'un père préparant son fils à la prison. Jean poursuivait ses recommandations, fébrilement :

— Tu verras, il y aura des chefs, des plus vieux, tu les repèreras vite, ils ont une petite cour autour d'eux. Ils se font servir. Ils parlent peu, ils se font comprendre d'un geste. Ceux-là, tu les provoques pas. Tu te tiens loin d'eux et s'ils te demandent quelque chose, tu acceptes même si l'idéal, c'est qu'ils ne te demandent jamais rien. Donc si jamais ils te demandent quelque chose et si c'est pas trop dangereux, tu le fais. Sinon, tu fais une bêtise pour qu'on t'isole un moment et que ça te donne une excuse pour pas leur obéir… Tu m'écoutes, petiot ?

— Oui, p'pa, je t'écoute.

— Surtout, tu fais gaffe à la drogue. Y en a partout en prison. De la costaud, de la mauvaise qualité, de la « qui te détruit méchamment »,… Alors tu dois te méfier, surtout toi. En plus, c'est elle qui fait faire les pires atrocités… Tu m'écoutes ?

— Oui, p'pa, je t'écoute.

— Mon Dieu, pourquoi je peux pas y aller à ta place ?

Antoine lui enlaça les épaules.

2

Une jolie brunette se tenait sur le pas de la porte. Son visage rond, son sourire franc et doux respiraient la bonté. Jean lui ouvrit. C'était le jour de fermeture du café.

— Bonjour Monsieur, vous êtes le père d'Antoine ?

— Oui, je suis le père d'Antoine.

— Enchantée, Monsieur. Je suis Pascaline, l'amie d'Antoine.

— Entrez, je vous en prie.

— J'étais en Allemagne, au moment du jugement. J'ai appris qu'il était en prison.

Son expression s'assombrit, sa voix se perdit. Il crut qu'elle allait éclater en sanglots. Elle se reprit.

— J'aimerais lui rendre visite.

Elle crut bon de préciser :

— Je l'aime.

— Vous voulez le voir seule ou vous voulez venir avec moi ?

Il imaginait qu'elle aurait aimé voir son amoureux en tête-à-tête mais que l'appréhension de ces lieux sinistres et sombres l'inciterait à préférer être accompagnée pour être soutenue et rassurée. Elle hésita :

— Pour la première fois, je préfère avec vous. Après, j'irai seule.

Jean était ému devant cette petite bonne femme vaillante qui était l'amoureuse de son petiot. Il pensa à Juliette qui venait le voir quand lui, Jean, était derrière les barreaux. Il détestait ce recommencement de l'histoire mais il ne pouvait s'empêcher de penser : ces femmes qui vous sont fidèles jusqu'en prison sont des femmes qui vous aiment du plus bel amour. Il eut envie de l'embrasser.

— Il va falloir que vous demandiez un permis de visite au directeur de la prison. Je vais voir Antoine, les mardis. Venez avec moi, mardi prochain, on fera la demande. Ensuite on prendra rendez-vous pour que vous puissiez venir avec moi, dès qu'on aura l'autorisation.

— C'est bien compliqué… et long.

— C'est la prison. Tout est long et compliqué en prison.

Il s'aperçut qu'ils étaient restés debout dans le hall d'entrée. Il l'invita à s'asseoir et lui offrit un café.

Le mardi suivant, ils se rendirent ensemble à l'établissement pénitentiaire et elle remplit le formulaire pour le permis de visite. Jean ne parla pas d'elle à son fils, il voulait lui réserver la surprise pour le jour où elle l'accompagnerait.

Ce jour-là, ils arrivèrent ensemble au parloir. Elle avait apporté des livres et des documents pour qu'il puisse suivre l'activité militante à laquelle il était tellement attaché et à cause de laquelle il se trouvait là. Quand Antoine regardait Pascaline, le père vit l'amour briller dans les yeux de son fils.

Pourquoi avons-nous des destins si misérables ? Pourquoi sommes-nous frappés par une si tenace malédiction ? Pourquoi ces amoureux-là doivent-ils traverser ce genre d'épreuves ? Ils sont tellement innocents, eux ? Pourquoi ces amoureux-là ne sont-ils pas au milieu d'un grand près, dans une salle de cinéma ou dans une chambre sous les toits ? Ce serait tellement plus leur place ? Pourquoi au parloir d'une prison ? Comme Juliette et lui.

Pascaline revint toutes les semaines, elle choisit un jour différent du mardi pour que la lumière de dehors vienne éclairer Antoine, plusieurs fois dans la semaine. Pour être seule avec lui, observée mais seule. Antoine ne laissait rien transparaître des souffrances endurées. Son crâne rasé et ses traits creusés lui donnaient un air moins juvénile qu'à son entrée. Parfois, il n'était pas autorisé à la visite. Isolement. Pascaline ou Jean repartait alors tristement.

Un jour, Antoine dit à Jean :

— Maintenant, la taule, c'est fait. Je suis vraiment ton fils.

Cette déclaration claqua comme une gifle à la figure de Jean.

— C'est pas très sympa de me dire un truc pareil.

Pourtant le fils voulait signifier par-là que, vivant une expérience particulièrement difficile, déjà éprouvée par le père, ils se retrouvaient encore plus proches l'un de l'autre qu'avant.

— Pardonne-moi, je me suis mal exprimé. Je voulais dire que cinq ans, ça a vraiment dû être très long.

Pendant sa peine, Marie mourut d'une crise cardiaque. La nouvelle bouleversa Antoine. Il ne l'avait pas vue depuis près d'un an. Il aurait aimé serrer, une dernière fois, dans ses bras, celle qui avait été sa nourrice, sa protectrice et sa mère. Il obtint une permission de sortie pour assister aux obsèques. Il devait impérativement être de retour pour 18 heures. En sortant du cimetière, il dit à Jean :

— Si je taillais la route, maintenant ?

— Déconne pas, petiot, tu en as fait les trois quarts !

Pascaline le suivait. Elle lui murmura amoureusement :

— Déconne pas, petiot !

Il ne déconna pas.

3

Quand Antoine sortit, il voulait rattraper le temps perdu. Le temps perdu loin des combats des hommes, loin des débats, des modes et des passions. Il avait poursuivi ses études en prison mais ne valida pas son année. Il ne souhaitait pas continuer, sa place était à l'usine, avec le prolétariat. Il n'osait en parler à Jean. Jean ne comprendrait pas, Jean continuait de vivre dans les années 50, Jean n'avait pas perçu les changements du monde.

Pascaline proposa :

— Tu pourrais travailler et poursuivre tes études, en même temps.

— C'est tellement vain, Paquita. Les études proposées par nos universités, elles servent à faire de braves fonctionnaires, de braves petits employés de bureau bien dociles. Les superstructures du capitalisme !

— Ah ! Tu me saoules ! Enivre-moi plutôt !

— Ah ! Je t'aime ! Fais-moi l'amour plus tôt !

— Plus tôt ou maintenant ?

— Toujours !

Ils passèrent la journée au lit. Elle loupa ses cours, lui ne loupa rien puisqu'il avait décidé d'arrêter.

Pour ses vingt ans, Antoine ne voulut pas de fête.

— Ça me plairait, moi, de fêter tes vingt ans, dit Jean.

— On peut faire la fête, nous, tous les deux, en amoureux !

— De toute façon, avec Paula, tu n'y couperas pas.

— Là, je ne pourrai pas lutter, c'est vrai. Mais, en attendant Cabourg, je préfère les tête-à-tête. Avec des femmes affriolantes, avec des louves excitantes, avec des beaux lutteurs musclés, comme toi mon cher papa.

Il le provoquait. Il savait que son père était un peu coincé sur le sujet de l'homosexualité. Que son fils joue à être attiré par les hommes, en le mêlant à ses allusions était tout simplement horripilant.

— Ta gueule, Antoine !

— L'ouverture d'esprit de Monsieur à ses limites ! Oui au sexe tarifé, oui à l'adultère mais qu'un mec couche avec un autre, ça non !

— Pas du tout ! Ça ne me gêne pas qu'ils fassent ce qu'ils veulent mais ne parle pas de moi comme si j'étais l'un d'eux.

— Et si moi, j'avais envie de ça, du corps des hommes ? Si je baisais avec des hommes, qu'est-ce que tu dirais ?

— Arrête cette discussion ! Je sais bien que tu aimes les femmes et c'est très bien ainsi.

— Tu vois, tu es intolérant ! Monsieur le macho ! Un homme, il fait de la boxe, il ne pleure pas et il fait l'amour avec des femmes. C'est ça, hein ?

— Oui, c'est ça. Tu es content ? Je rentre bien dans la case que tu as prévue pour moi ?

— Hélas oui !

— On peut reparler de la fête de tes vingt ans ?

— La non-fête de mes vingt ans ! « J'avais vingt ans. Je ne laisserai personne dire que c'est le plus bel âge de la vie » ![5]

— Quand tu étais petit, tu aimais les grandes tablées.

— C'était quand j'étais petit. Je sais que c'est dur pour toi mais j'ai grandi, mon vieux.

— Tu vas quand même inviter Pascaline ?

— Eh bien non. Pascaline et moi, c'est fini.

— Non ?

— Je crois bien que si.

— Elle t'a quitté ?

— Consentement mutuel. Mais n'en parlons plus ! Sabine me tend les bras, Catherine me fait les yeux doux, quant à Nadia, elle est folle de moi. Mon avenir est assuré. Je suis le roi des

---

[5] *Aden Arabie de Paul Nizan*

séducteurs. Sans compter que je plais aussi à Patrick. Non, ça c'est pour te charrier !

Jean ne releva même pas la pique finale. Il était triste et contrarié, il voyait déjà en Pascaline sa belle-fille, il pensait qu'Antoine aurait dû la supplier pour qu'elle reste. Elle avait supporté le temps de la prison, ces visites hebdomadaires avec l'attente, le cadre déprimant de l'univers carcéral. Leur amour avait tenu le coup pendant toute cette épreuve, il aurait résisté à tout. Comme Antoine était donc léger ! Il n'était qu'un coureur de jupons qui laissait partir la perle rare ! Ils s'accordaient si bien ensemble, avec leurs enthousiasmes, leurs projets et leurs folies. Pourquoi ne s'accrochaient-ils pas l'un à l'autre pour la vie ?

4

Sans études fixes, Antoine fut appelé pour le service militaire.

— Tu ne te rends pas compte ? L'armée ! Je vais en mourir.

— Tu exagères Antoine.

— Je suis pacifiste. Je vomis l'armée, je hais l'ordre et je conchie les militaires.

— Voilà, c'est dit ! Et la défense de ton pays, c'est de la connerie ?

— C'est toi qui dis ça ?

— Ben oui, mon petit gars, non seulement, l'armée, je connais mais moi, j'ai même fait la guerre.

— Tu as fait la Résistance, toi.

— L'armée et la guerre aussi, petiot. J'avais vingt-et-un ans en 40. Les gradés, les ordres, tout ça, je connais aussi.

–Tu m'en as jamais parlé, de la guerre.

— Il n'y a pas grand-chose à en dire !

— Moi, je vais voir un psy. Je vais me faire exempter.

La combine ne fonctionna pas. Il partit pour Chalons, pour un an.

Comme on pouvait s'y entendre, Antoine supporta mal l'armée et l'armée supporta mal Antoine. Au lieu de s'exécuter quand on lui donnait un ordre idiot, il laissait s'exprimer son esprit rebelle et poussait à bout les adjudants. Après plusieurs rappels à l'ordre, il finit dans le bureau du lieutenant Vareille. Celui-ci était plongé dans la lecture d'une note, laissant poireauter Antoine plus d'une demi-heure. Antoine ne bronchait pas mais bouillait intérieurement. Vareille leva la tête et vociféra :

— On ne salue pas ? On ne se présente pas ?

Antoine s'exécuta tout en étant pris d'un fou rire.

— Tu trouves la situation drôle ?

Antoine s'apprêtait à répondre qu'il ne trouvait pas ça drôle du tout mais il n'en eut pas le temps.

— Ça me fait pas peur les durs à cuire dans ton genre. J'en ai maté des plus terribles en Algérie.

— Quelle référence, mon lieutenant ! Et avant, vous avez fait la Wafen SS ?

— Ah, tu veux encore faire le malin ! Assieds-toi !

Le lieutenant Vareille trônait assis sur son bureau. Face au bureau, aucun siège. Antoine resta debout.

— T'es sourd ? Je t'ai demandé de t'asseoir !

Antoine fit le tour du bureau pour prendre place sur le fauteuil du sous officier. Celui-ci l'arrêta net en l'attrapant par le col :

— Tu es un marrant toi ! Tu as vraiment envie de te faire taper sur les doigts. Tu restes là, devant moi !

— Mais y a pas de siège.

— Et quand y a pas de siège, Monsieur peut pas s'asseoir ! Tu t'assois sur ton cul !

— Ah oui d'accord, vous perché et moi par terre pour bien me faire sentir que je suis qu'une merde.

— Ben voilà ! Tu as tout compris !

— Faisons plaisir au lieutenant !

Il se prosterna devant lui.

–Bon fini de faire le mariole ! Tu me fais cinquante pompes !

— Je suis pas équipé pour ça, les pompes, mon lieutenant ! Je croyais que vous alliez m'envoyer au trou !

— On va te le donner l'équipement, tu peux me croire ! Gros feignant ! Cent pompes ! Et dépêche-toi ! Je double la mise à chaque contestation ! Le trou, tu vas y aller mais je veux mes pompes avant !

Le lieutenant lui jouait le grand numéro, il voulait tuer toute velléité de contestation.

Antoine s'était remis à fumer des joints en une quantité qui aurait désespéré Jean s'il en avait eu vent. Mais cela s'avérait indispensable pour supporter ce régime.

Il sortait beaucoup le soir et se livrait à toutes sortes d'excès. L'adjudant sanctionnait, Vareille atténuait. Le lieutenant le voyait comme un clou tordu à redresser. Antoine finit par se retrouver au commissariat, après une soirée de considérable beuverie.

Le lieutenant le convoqua à son retour :

— Putain Antoine, tu cherches vraiment les ennuis. Tu rentres en retard une fois sur deux, je ferme les yeux. C'est déjà énorme. Mais tu n'as aucune limite. Tu nous fais du scandale en ville. Etat d'ébriété, à poil sur la voie publique et baston. T'es un vrai cas social toi !

— Ben oui je viens de la DASS. Et puis j'ai déjà fait de la taule. Je veux dire, dans le civil.

— J'ai vu ça oui. Tu avais fait quoi ?

— J'avais tabassé un flic qui avait poussé une fille à terre et lui avait donné des coups de pied. Pendant une manif.

— Tabassé un flic. Tu démarres bien dans la vie mon garçon !

Il semblait navré devant ce constat. Antoine rompit le silence :

— Je suis désolé, je sais pas ce qui m'a pris. J'avais beaucoup trop bu...Vous allez encore me coller des jours de prison ?

— Ce serait normal. Mais tu fous rien quand tu es en prison. Et puis tu es blasé, ça ne te traumatise pas d'être derrière les barreaux. Non je vais te faire bosser. Il y a des jeunes gens qui ne savent ni lire ni écrire ici. J'en ai repéré trois dont je sais qu'ils aimeraient apprendre parce qu'ils ont honte de pas savoir. Tu vas leur donner des cours.

Antoine était à la fois décontenancé et ravi. Il attendait une punition et recevait un cadeau.

— Merci. C'est vraiment une très bonne idée.

L'autre se doutait que cette proposition ferait plaisir au gamin. Il fallait quand même aussi qu'Antoine paye pour son crime, aussi ajouta-t-il :

— Tu vas quand même pas t'en tirer qu'avec ça. Tu seras privé de perm ce mois-ci et puis demain, je te réserve un entrainement spécial rien que pour toi.

Le lendemain, il lui fit faire une série d'épreuves physiques épuisantes. Au bout de deux heures, Antoine tombait d'épuisement. Vareille lui hurlait dessus :

— Allez ! Continue feignasse !

— J'en peux plus.

— Mais si ! T'en peux encore ! Il suffit d'un petit effort. Allez !

Il lui donnait un coup de pied aux fesses pour le faire continuer. Antoine qui lui était reconnaissant la veille pour lui avoir confié une mission à sa main, le détestait maintenant. Il finit l'exercice à bout, tremblant d'épuisement. Il put à peine avaler trois bouchées de son repas. L'après-midi, on lui annonça qu'on partait en manœuvres.

— Vous m'avez tué avec votre entraînement spécial. Là, je ne peux plus rien faire.

–Tu n'as qu'à dormir, la nuit ! Au lieu de courir les filles. Dépêche-toi de rejoindre les autres. Ou tu auras double portion.

— Je vous préviens, il va me falloir un rail de coke pour tenir.

–Tu fais ce que tu veux pour entretenir ta forme. Moi je te conseille de dormir la nuit. Il y a rien de mieux pour reconstituer ses forces. À part ça, je te préviens, la cocaïne c'est interdit ici. Et si on en trouve sur toi, ça te coûtera très cher.

Vareille avait vu juste : en donnant à Antoine une œuvre utile à ses yeux, il rendit, au jeune homme, plus acceptables les contraintes imposées. Antoine, sans être dompté complètement, devint plus gérable. Presque normal. Vareille l'aimait bien. Il le trouvait courageux. Irréfléchi mais cohérent avec ses convictions. Il se réjouit que leurs relations s'apaisent. Pour Antoine, Vareille représentait l'archétype du beauf à bonne conscience.

Cette période fut globalement horrible. Heureusement qu'il rentrait de temps en temps se réchauffer auprès de Sabine, Catherine, Nadia ou une autre. Il retrouvait aussi Jean. Et son père s'inquiétait pour lui :

— Dis-moi, jeune con, tu penses à ton avenir ?

— Je pense à l'avenir de l'humanité, p'pa.

— Je ne sais pas où ça va te mener.

En fait, Antoine n'avait aucune idée du métier qu'il voulait exercer. Il aurait bien aimé enseigner mais avec son casier, l'école normale, c'était fichu pour le moment.

— En tout cas, je suis encore dispensé d'y penser. L'armée au moins, ça permet d'éviter de penser. C'est le seul avantage.

Il repartait gare de l'Est et se tassait dans un train rempli de bidasses. Pendant ces douze mois, il se fit quelques amis et surtout des muscles.

5

Antoine trouva à s'embaucher dans une librairie. Son père estima que travailler au milieu des livres constituait une forme de reconnaissance intellectuelle. Il aurait préféré qu'Antoine fasse de plus longues études, qu'il devienne journaliste ou avocat mais libraire, c'était bien aussi. Du point de vue de l'ascension sociale, on pouvait même considérer que l'excellence était atteinte. La librairie affichait ses couleurs, à gauche toute, ce qui permettait à Antoine de travailler en conformité avec ses convictions, à défaut de partager la condition ouvrière. Il gagnait un salaire de misère mais put quand même emménager dans une chambre de bonne à Voltaire. Il vivait au cinquième étage auquel il accédait par un escalier étroit et raide. Il disposait d'un espace tout juste assez grand pour y loger son lit, une table et une chaise mais il pouvait vivre nu et recevoir à loisir Sabine, Catherine ou Nadia. Et même les trois d'un coup ! Et même Patrick !

Il recevait surtout Veronica, une exilée chilienne qui avait fui la dictature de Pinochet. Elle avait huit ans de plus que lui et une maturité politique qui l'impressionnait. Veronica avait enduré la torture et perdu son père et sa sœur, assassinés. Elle s'installa chez lui.

— C'est tout petit mais tellement romantique.

Antoine l'emmenait visiter Paris. Il lui partageait sa passion du cinéma et lui faisait découvrir Eustache, Chabrol, Godard et Truffaut. Il lui apprenait Paris, elle lui apprenait à suivre un chemin et s'y tenir. Il ne voyait pas souvent son père.

— Et ta famille, Antonio, elle est où ?

— Mon père tient un café, rue de Clichy.

— Ta mère est *muerta* ?

— À dire vrai, je ne sais pas. Jean Delhomme, dont j'ai reçu le nom, m'a adopté. Lui, il a une femme mais ils sont divorcés depuis bien avant mon arrivée. Ils ont eu des enfants ensemble mais je ne les connais pas.

— Tu aimerais les connaître ?

— C'est drôle que tu me demandes ça. Je n'y avais jamais pensé avant. Je m'en fichais. Je pensais que cela ne faisait pas partie de ma vie. Or depuis quelques temps, je pense à les rechercher. Mon père est resté follement amoureux de sa femme, Juliette – elle s'appelle Juliette – et elle est l'amour de sa vie.

Veronica semblait fascinée par cette histoire, elle adorait les histoires d'amour, avec des amoureux qui se retrouvent après des années de séparation. Elle voulait savoir pourquoi ils s'étaient quittés.

— Tu me jures de le dire à personne : avant, mon père, c'était un gangster. Il braquait des banques, tu vois ? Il a fait de la prison. Trois ans, la première fois. Sa femme, elle a élevé les gosses et elle lui est restée fidèle. Quand il a été libéré, elle a voulu qu'il change de vie mais lui, il a continué. Elle l'a quitté. Il ne les a jamais revus, ni elle, ni les mômes. Sa fille doit avoir vingt-huit ans et son fils vingt-cinq maintenant.

— Tu sais leur nom ?

— Jean m'a dit qu'elle s'est mariée avec un dentiste dénommé Fernand Luchiani.

— Elle s'est remariée ?

— Oui.

— Tu veux qu'on les recherche quand même ?

Elle avait de l'expérience dans la recherche de disparus.

6

Juliette Luchiani habitait à Issy-les-Moulineaux, près de la mairie, un grand appartement décoré avec goût. Antoine tremblait un peu, c'était ridicule, il se demandait pourquoi il s'était embarqué là-dedans. À cause de Veronica ? Ou par amour filial ?

— Bonjour, Madame.
— Bonjour, jeune homme.
— Je suis Antoine Delhomme, je suis le fils adoptif de Jean.

Il avait dit cela, d'une traite, son cœur battant la chamade, craignant que la terre ne s'ouvre sous ses pieds. Lui qui avait affronté des gorilles de cent kilos, des professeurs fous de rage contre lui, des patibulaires à cran d'arrêt, des flics et des militaires décidés à le mater, lui le téméraire, l'aventurier, l'inconscient, lui, Antoine tremblait devant Juliette, la femme dont la photo remplissait les yeux de son père de bonheur et de larmes.

Juliette s'accrocha à la porte pour ne pas vaciller tant son émotion était vive. La surprise violente, la nostalgie, le feu d'un amour jamais éteint, la colère contre elle-même pour cet amour coupable, l'étonnement de découvrir que Jean avait adopté, la colère aussi contre cet homme qui n'avait fait aucun effort pour ses enfants et en avait élevé un autre, un sentiment de tendresse immédiat et indomptable pour ce beau jeune homme qui avait vécu avec Jean. Toutes ces émotions se bousculaient, se succédaient, se mêlaient.

— Entre, viens, prends un fauteuil !

— Je suis désolé, ce n'est pas très correct de débarquer comme ça. J'aurais dû écrire avant de venir mais j'avais peur que vous refusiez de me voir.

Elle n'en finissait pas de l'observer. Il était beau, touchant. Il avait dit qu'il était le fils adoptif et pourtant, dans son attitude, il ressemblait à Jean de manière troublante : cette expression sur son visage, cette manière de s'excuser et en même temps de dire qu'il ne pouvait pas faire autrement, ce sens de la tragédie, cet air enjôleur, ce corps un peu encombrant mais prêt à bondir et à se battre aussi.

— Tu veux boire quelque chose ? Un café, une bière, une limonade ?

— Je veux bien un verre d'eau, s'il vous plait Madame.

Elle le tutoyait et lui, il l'appelait Madame.

— Jean s'est remarié ?

— Non, il m'a élevé tout seul.

— Et tu es arrivé comment à lui ?

— Je fuyais la DASS, les foyers et les mauvaises familles d'accueil, j'étais totalement sauvage. Je me suis caché chez lui. Il m'a trouvé et il m'a gardé.

— Tu avais quel âge ?

— Six ans.

— Et maintenant ?

— Vingt-et-un.

— Tu habites avec lui ?

— Non maintenant, j'ai un appartement à moi, une chambre dans le XIème. Je vis avec une fille et je travaille. Je suis employé dans une librairie. Et vous ? Vous vous êtes remariée ?

— Oui, je me suis remariée. J'avais deux enfants de trois et six ans. Fernand s'est bien occupé des enfants.

Elle présentait les choses comme si Fernand n'avait pas été choisi pour être son mari mais le père de ses enfants.

— Michel et Isabelle ?

Elle sourit.

— Oui, c'est ça : Michel et Isabelle.

— Vous avez des photos d'eux aujourd'hui ?

Elle alla chercher un cadre sur le meuble et lui montra toute la famille : Isabelle, son mari, Jean-Paul et leurs deux enfants, Sandrine et Gabriel – il releva le prénom du fils d'Isabelle - , Michel enlaçait sa femme et il y avait aussi Simon, le fils que Juliette avait eu avec Fernand.

— Vous savez, Jean m'a toujours parlé de vous avec une admiration et un respect infinis. Il tient un bar-restaurant, rue de Clichy, au 21. Il serait tellement heureux de vous revoir. Il imagine pas que ce soit possible mais peut-être que ce l'est quand même…

— C'est difficile d'oublier comment il s'est comporté avec nous. Il a été tellement égoïste. Il s'est peut-être amélioré depuis. J'imagine que pour avoir un fils aussi agréable et sympathique, il a fallu qu'il soit meilleur. Mais il nous a fait beaucoup de mal.

— Oui, c'est sûr. C'est normal que vous ne vouliez plus le voir. Moi ce n'est pas pareil ? Ça ne vous a pas dérangé que je sois venu ? J'avais envie de vous connaître.

— Non ça ne m'a pas dérangé que tu sois venu. Pas du tout, au contraire. Même Jean, je ne dis pas que je ne veux pas le voir.

— Jean ne sait pas que je vous ai cherchée et trouvée. Il ne sait pas que je suis venu chez vous. Je crois qu'il serait en colère contre moi, s'il l'apprenait. Je sais qu'il a terriblement honte du mal qu'il vous a fait.

Elle avait réussi à retenir ses larmes jusque-là. Elle ramassa les verres et les porta à la cuisine pour évacuer le trop plein d'émotion. Si on abordait les remords et les regrets de Jean, elle ne pouvait s'empêchait de penser qu'une autre route aurait été possible et que leur vie avait été un horrible gâchis. Si on abordait les remords et les regrets de Jean, ses souvenirs remontaient à la surface et elle le revoyait, ce lourdaud, quand elle le forçait à avouer la nouvelle bêtise qu'il avait commise, la nouvelle embrouille dans laquelle il s'était fourré.

Avant de partir, Antoine ajouta :

— Isabelle et Michel, c'est ma sœur et mon frère…pour moi, en tout cas.

Elle se souvint que Jean étant coupé de toute famille, il n'avait pas pu apporter au garçon d'autre famille que lui-même. Elle imagina qu'il avait sans doute déclaré que sa famille, c'était ses gars et ses filles. Et le petit, lui, rêvait de connaître les autres enfants de son père.

— Je pourrai revenir ?

— Bien sûr, mon chéri. On se reverra.

Elle l'avait appelé « mon chéri », c'était très bon signe. Elle le raccompagna et le regarda partir, magnétique. Comme Jean.

7

Elle est apparue dans la petite salle du restaurant, encadrée de lumière. Le printemps offre parfois de ces vifs soleils du matin qui chauffent peu mais illuminent intensément et s'attardent jusqu'à midi. Il était encore tôt pour le déjeuner, les clients n'étaient pas arrivés. Jean nettoyait le comptoir. Quand il leva les yeux et la vit s'avancer, comme auréolée de cette lumière, son souffle en fut coupé. Il rêvait éveillé, c'était certain.

Il se dirigea vers l'entrée pour l'accueillir.

— Bonjour, Monsieur.

Elle s'y était préparé et pouvait, quant à elle, la jouait naturel. Elle s'était mise sur son trente-et-un : une petite robe noire courte et un blouson clair. Elle était allée, la veille, chez le coiffeur et le brushing donnait à ses cheveux coupés courts mouvement et ampleur. Elle arborait un sourire léger et faussement désinvolte qui soulignait l'impression d'irréalité. Après tant d'années de silence et d'absence, le moment eut dû être grave. Jean était totalement hypnotisé.

— Bonjour Juliette.

Farida, la jeune serveuse, comprit que son patron n'était pas dans son état normal et vint à sa rescousse. Elle conduisit Juliette à une table et lui proposa le plat du jour. Jean sortit de son hébétude.

— Tu…vous voulez manger ?

Juliette s'amusa de ce retour forcé au vouvoiement.

— C'est un restaurant, non ?

Il lui demanda humblement :

— Vous permettez que je m'asseye en face de vous ?

Elle décida d'arrêter d'être si cruelle.

— Oui, je te permets, Gab. C'est tellement bizarre de te revoir ici, si peu changé physiquement.

Il appréciait qu'elle l'appelle par son prénom, même si c'était celui d'autrefois, c'était mieux que Monsieur. Elle releva qu'il réagissait à ce détail.

— Tu préfères que je t'appelle Jean ?

— Tu… je peux vous tutoyer ?

Elle avait réussi à le mettre en panique et s'en réjouissait.

— Je crois que ce sera plus naturel.

Il s'enhardit.

— Tu peux m'appeler comme tu préfères. Tu es venue spécialement ?

Elle se demanda si elle aurait pu lui faire croire qu'elle avait atterri par hasard, dans ce bar.

— Ton Antoine est un bien charmant jeune homme.

Farida apportait le pain et la boisson.

— Vous prenez quelque chose aussi, Monsieur Jean ?

— Non merci, Farida. Moi, je me contenterai de dévorer Madame des yeux.

Le voilà qui retrouvait un peu de superbe. Devant les autres, toujours en représentation.

Farida repartit en cuisine.

— Tu n'as jamais pris de nouvelles de tes enfants !

Elle avait besoin de l'accabler. Il avait gâché trop de choses et elle lui en voulait d'autant plus qu'elle le devinait devenu capable de vivre une vie de famille. Il baissa la tête. Elle poursuivit :

— Tu es grand-père. Isabelle a deux enfants et Michel vit en couple. Ils s'en sont bien sortis, tes enfants ! Sans toi ! Heureusement que nous avons eu Fernand !

Il la regarda, de nouveau. Intensément.

— Tu es belle.

Le steak tartare et les frites arrivaient. Jean la regardait encore, il la regardait manger, il la regardait parler. D'autres clients s'étaient attablés. Farida assurait.

— Ils s'appellent comment mes petits-enfants ? Michel et Isabelle sont-ils heureux ?

— Sandrine et Gabriel. Je crois que nos enfants sont plutôt bien dans leur peau. Heureux, c'est toujours difficile à dire. Mais ça a plutôt l'air d'aller. Isabelle tient un commerce avec Jean Paul, son mari, un magasin de vêtements. Michel travaille à EDF.

Elle sortit de son sac la photo et elle lui tendit. Elle vit qu'il mesurait tout ce qu'il avait manqué mais qu'il ressentait, en même temps, de la fierté pour ces enfants, ses enfants étrangers.

— Tu as bien réussi, Juliette. Moi, j'aurais été un boulet. J'ai continué à vivre dangereusement. Je n'aurais pas été un bon père. Avec Fernand, vous avez bénéficié d'une sécurité, d'une tranquillité, d'un équilibre impossibles avec moi. Quand le petiot m'est tombé dessus en 1958, Isabelle était déjà ado. Même à ce moment-là, je n'étais pas vraiment prêt à être un père normal. Ça a fonctionné avec lui parce que c'était un gamin qui avait vécu des trucs très durs et que mon monde était proche du sien. Mais c'était quand même pas rose : il a été embarqué avec moi, chez les flics à six ans, il a fréquenté toutes sortes de malfrats et puis, j'ai été un père violent aussi. Tu vois, vous n'avez pas perdu grand-chose.

— Pauvre idiot ! Toujours les mêmes litanies. « Je suis un sale type, je suis maudit, fuyez-moi, vous tous les gens bien ! » C'est tellement plus facile que de se prendre en main et de faire ce qu'on peut avec ce qu'on est.

— Maintenant, je crois que je me suis amélioré.

Elle secoua la tête, comme pour signifier qu'il était incorrigible.

— Tu tiens ce restaurant ?

— Oui, c'est pas mal, n'est-ce pas ? J'ai un hôtel à Cabourg aussi.

Elle trouva superflu d'évoquer l'origine de l'argent ayant servi à financer ces commerces. Elle était en colère contre elle-même parce qu'elle trouvait cet homme très séduisant, parce qu'elle savait qu'elle n'avait vraiment cessé de l'aimer, parce qu'elle brûlait de lui sauter au cou. Elle avait envie de lui griffer le visage, de lui hurler des insultes, de lui envoyer la carafe d'eau à toutes forces dans la figure. Elle le haïssait d'être si désirable. Elle se haïssait de ne pas le trouver minable et salaud.

Il lui prit la main.

— Je n'ai jamais aimé que toi, Juju.

Elle trouva la force d'une dernière attaque :

— Et toutes celles avec qui tu as couché ?

Il serra la main qu'il tenait.

— Il n'y en a pas eu tant que ça…Et oui, j'ai couché mais je n'ai pas aimé. Toi, tu as Fernand. Il te rend heureuse, Fernand ?

Elle libéra sa main. Pourquoi avait-elle envie de faire l'amour avec lui ? C'était tellement absurde. Elle prit un café.

— Tu vas t'en aller ?
— Je vais régler ma note.
— Je t'invite, voyons !
— Non Monsieur.

Il aurait voulu la retenir, la garder auprès de lui. Ecouter ses reproches était un tellement grand plaisir.

Farida encaissa et Juliette partit comme elle était venue. Arrivée à la porte, elle annonça :

— Ça m'a plu. Je reviendrai, le mois prochain.

8

C'est long, un mois. Jean reparla de Juliette à Antoine.

— Elle est extraordinaire, tu ne trouves pas, Antoine ?

— Tu es pathétique mais je t'aime bien, mon petit papa. Oui, elle est extraordinaire. Et tu es bien con d'avoir attendu si longtemps pour la revoir. Et encore, heureusement que tu as un fils extraordinaire, lui aussi, parce que sinon tu ne l'aurais jamais revu, l'amour de ta vie.

— Je te remercie, Antoine.

— Alléluia ! Sa majesté me dit merci ! Il va pleuvoir de la vodka !

C'est long un mois.

Antoine aimait toujours Veronica. Elle avait trouvé amusantes sa candeur enfiévrée, leurs virées dans Paris et l'enquête à la recherche de Juliette mais elle partit pour de nouvelles aventures. Antoine accusa le coup. Il se retrouva terrassé par ce grand chagrin d'amour. Il ne reparut pas à la librairie pendant trois jours. Le patron était furieux contre lui, il faillit le virer. Avec des yeux de cocker, de très plates excuses et le bref récit de ses malheurs, Antoine sauva sa peau. Il reprit le dessus, en se concentrant sur son travail, sur la défense des droits des immigrés et sur des visites plus régulières au *padre* pour l'aider à attendre un mois.

Puis, Juliette revint.

— Tu devrais me prévenir du jour où tu viens, je fermerais le restaurant.

— Tu veux m'empêcher d'entrer ?

— Non, je te veux comme seule cliente.

Le jeu des retrouvailles était terminé, Juliette avait rendu les armes, elle se laissait doucement porter par le grand numéro de charme de ce petit jeune homme de cinquante-cinq ans. Elle s'amusait à l'écouter frimer sur ses talents culinaires, sa forme physique incroyable pour son âge, sa capacité à toujours remettre les prétentieux à leur place. Elle trouvait doux de recevoir ses compliments excessifs, maladroits et sincères. Elle l'aimait, cet enjôleur, cet éternel adolescent. Il avait voulu continuer de jouer aux gendarmes et aux voleurs alors qu'il était l'heure d'arrêter. Elle n'avait pas pu le protéger, elle avait deux bambins.

Après le repas, il demanda :

— Tu veux voir chez moi ?

Elle accepta. Elle était émue comme une étudiante qui découvre la petite piaule de son amoureux. C'était sobre, chez Jean. Elle explorait son monde avec excitation. Il la prit dans ses bras.

— Tu as un tourne-disque ? On danse ?

Il choisit *When a man loves a woman* de Percy Sledge. Il l'attira à lui, elle se laissa emporter, en fermant les yeux. Elle vivait l'instant. Rien d'autre n'avait d'importance, rien d'autre n'existait. Les bras musclés de Jean, sa chemise douce, sa transpiration, son odeur. Elle se colla un peu plus à lui. Sa joue fraichement rasé, ses mains fermes et rugueuses, son corps solide, sa bouche qui cherchait la sienne. Jean l'embrassa.

La troisième fois, ils laissèrent leur corps prendre totalement le contrôle des opérations. Au moment de l'au-revoir, il l'interrogea :
— Et ton mari ?
— Je l'ai quitté depuis six ans.
Il n'en revenait pas.
— J'ai perdu six ans alors ?
— Gab, tu sais que tu as perdu beaucoup plus. Mais pense à ce que tu gagnes, pas à ce que tu as perdu.

9

Les visites se rapprochèrent : on passa du rythme mensuel au rythme hebdomadaire, puis quotidien. Il voulait emmener Juliette à Cabourg. Il devait prévenir Paula et ce n'était pas affaire facile. Elle réagit très mal.

— Oui, tu ne m'as jamais rien promis ! Je sais ! Mais qui était avec toi, pendant toutes ces années ? Qui a élevé Antoine avec toi ? Qui t'a réconforté quand tu te sentais sale ou coupable ? Dis-moi ? Qui t'a aidé à te ranger, à devenir un honnête restaurateur ?

— C'est toi, Paula.

— Mais, ça ne compte pas, hein ? Elle revient, tu me jettes. Je ne suis qu'une vieille putain, n'est-ce pas ?

— Arrête Paula ! Arrête ! Tu es ma meilleure amie. C'est beaucoup. Tu peux t'installer chez moi pendant qu'on vient si tu ne supportes pas de la voir

— Tu sais que je t'ai toujours aimé.

— Je le sais, Paula. Mais je t'ai toujours dit de ne rien attendre de moi.

Elle éclata en sanglot. Il voulut la prendre dans ses bras. Elle le repoussa.

— On vient pas à Cabourg, si c'est vraiment pas possible.

— Le mal est fait, Jean ! Je sais que je ne compte plus, maintenant.

— Paula, je t'aime, j'aime ton corps à me damner. Juliette, c'est l'amour de ma vie. Tu sais cela, Paula. Il y a dix ans, il y a quinze ans, il y a vingt ans, elle a toujours été ma femme !

— Laisse-moi, Jean !

— Pardonne-moi, Paula. Je t'en supplie, ne me déteste pas ! Pas toi !

— Laisse-moi, Jean ! Je ne te déteste pas. Je suis malheureuse. Je vais partir, Jean. Je vais quitter l'hôtel.

— Pourquoi ? Tu es tellement bien ici ! C'est ton royaume. C'était ton rêve, diriger un hôtel !

— Mon rêve, c'était toi !

Elle marqua une courte pause. Son ton se fit plus calme, déterminé, sans appel :

— Je vais faire mes bagages. Tu pourras confier la suite à Betty, la petite qui bosse avec moi. Elle est à la hauteur. C'est une bonne fille et elle le mérite.

— Mais pourquoi, Paula ?

— Adieu, Jean.

— Embrasse-moi.

Elle lui fit l'amour pour la dernière fois.

Il dit à Betty :

— Betty, Paula te donnera sans doute sa nouvelle adresse. J'aimerais que tu me la transmettes. Je te le demande comme une faveur.

Tu ne lui diras pas. Mais j'en ai besoin, c'est très important pour moi.

Paula dit à Betty :

— Betty, je vais te laisser mon adresse, si tu as besoin. Mais jure-moi de ne jamais la donner à Jean ! Jamais ! Tu me le jures ?

— Oui, Paula.

Jean laissa une grande et grosse enveloppe remplie de billets pour Paula. Elle ne la prit pas. Il laissa aussi une lettre touchante et délicate qu'elle emporta en souvenir de cet homme qu'elle continuerait à adorer jusqu'à la tombe.

Finalement, c'est Toinou qui récupéra l'adresse de Paula auprès de Betty et la remit à Jean. Jean et Paula ne se revirent jamais.

10

Antoine rejoignit Sylvie à la fontaine Saint Michel. Ils avaient d'interminables conversations, préliminaires à leurs ébats. Ils parlaient sans fin de l'union de la gauche, de la sortie de *Glas* de Jacques Derrida ou de *Chinatown*. Sylvie aimait le mettre au défi, le pousser à des actes de bravoure : « fais-le si tu m'aimes ! » Et lui, tête brûlée et prêt à tout pour plaire à une fille, s'exécutait sans hésiter. Il en faisait alors des trucs idiots comme s'accrocher au-dessus du vide au balcon d'un septième étage, marcher sur la glace fissurée d'un étang gelé, embrasser sur la bouche un député sortant de l'Assemblée ou partir sans payer après un repas à la Tour d'Argent. Il faisait aussi des trucs moins idiots comme marcher en tête dans les manifestations contre le groupe d'extrême-droite *Ordre Nouveau*. Sylvie finissait par le gronder :

— Tu es fou ! Réfléchis un peu ! On te ferait faire n'importe quoi.

Il éclata de rire.

— Moi, je n'ai peur de rien, Sylvie.

— Ce n'est pas du courage, c'est de la témérité et de l'inconscience. Tu ne vas pas risquer ta vie pour un bravo ?

Il entra dans la fontaine, monta les marches avec l'eau qui coulait à flot sur ses jambes et déclama, comme une tirade de théâtre :

— Peu m'importe d'endurer mille souffrances pourvu que je goûte une minute de l'intense plaisir, de l'ivresse absolue, de l'étourdissement. Je veux le bonheur et la joie de vivre mais je ne compte pas en durée, je compte en intensité. Que vaut une année sans passions, ni bonnes ni mauvaises ? Rien ! Vivre, c'est s'embraser, c'est rire maintenant et pleurer demain. C'est descendre en enfer pour cueillir une rose à la belle fille que tu aimes. C'est se briser le cœur parce qu'elle refuse cette rose. C'est errer au désert pour la retrouver. C'est plonger les mains dans la boue et dans la merde pour gagner sa pitance. Et puis, c'est recevoir ce baiser que tu n'attendais plus. C'est donner la main à un enfant qui te prend pour Dieu le Père. C'est partager une bière avec ton meilleur ami. C'est ton corps et ton âme qui s'oublient, qui se donnent et se fondent dans le corps et l'âme de l'être aimé. J'ai vibré, je vibre et je vibrerai. Je ne retiendrai jamais mon geste par peur de me perdre.

Des touristes amusés s'étaient attroupés devant la fontaine. Antoine conclut sa déclaration en citant Artaud :

Ah donne-nous des crânes de braises
Des crânes brûlés aux foudres du ciel

Des crânes lucides, des crânes réels
Et traversés de ta présence.[6].
Il bondit hors de l'eau en rugissant. Sylvie riait.

---

[6] *La prière d'Antonin Artaud.*

11

Isabelle, Michel et leurs familles étaient invités chez Juliette. Simon, le fils que Juliette avait eu avec Fernand, et qui vivait à Lyon, était également présent. Isabelle s'énervait :

— Il t'abandonne, il nous abandonne, il disparait pendant plus de vingt ans. Tu te débrouilles toute seule, puis avec Fernand. Tu vis sans lui, on grandit sans lui. Soudain Monsieur revient – pour ses vieux jours peut-être ? – et toi, tu te jettes dans ses bras ! Ça me dégoûte !

Michel essayait de calmer le jeu.

— Ecoute, Isabelle ! Si ça rend maman heureuse ! De toute façon, c'est fini avec papa depuis longtemps. Alors qu'elle se remette avec ce Jean qui revient du passé ou avec un autre, c'est pareil, non ? Moi, ça m'est égal. Mon père, ce sera toujours Fernand. Lui, Jean Delhomme, je ne l'ai pas connu, c'est un étranger pour moi. Il est peut-être mon père biologique mais s'il revient avec maman, pour moi, il sera juste le nouvel homme de ma mère.

— Moi, je ne peux pas raisonner comme ça. Il a fait du mal. Il est dangereux.

Juliette protesta :

— Tu ne peux pas dire ça. Tu ne l'as pas vu.

— Hors de question que je le voie !

Jean Paul tenta, à son tour, de modérer son épouse :

— C'est un peu excessif, non ? Juliette n'est pas une gamine. On peut la laisser vivre sa vie et ses amours.

Juliette était plutôt amusée par le tour que prenait la conversation. Le jeu de rôle, avec cette répartition des rôles, était un grand classique des réunions familiales : Isabelle dans le rôle de la passionaria, Michel dans le rôle du bienveillant et Jean Paul en pompier tentant d'éteindre l'incendie. Ce qui était comique, c'était qu'elle, Juliette, fut l'objet de la controverse et qu'on parlait d'elle à la fois comme d'une absente et comme d'une enfant. Elle reconnaissait toutefois, dans la colère d'Isabelle, celle qu'elle avait exprimée, le jour où elle avait retrouvé son Gabriel devenu Jean. Elle pensait que si elle le rencontrait, Isabelle perdrait toute agressivité et qu'elle se laisserait, elle aussi, attendrir par cet homme, son père. Désormais, elle allait s'employer à organiser la rencontre.

— Je n'ai rien à lui dire. Je risque d'être méchante.

— Et Antoine ? Si je les invite tous les deux ? Lui, il rêve de connaitre son frère et sa sœur.

Elle allait répondre qu'elle s'en fichait mais elle se retint. Celui-là n'y était pour rien. Ça devait être un jeune paumé, elle n'avait aucune raison de lui faire subir les dégâts collatéraux des châtiments réservés au père. Qu'on ne s'attende pas à ce qu'elle l'accueille en lui sautant au cou ! Pour autant, elle ne le rejetterait pas.

La ténacité de Juliette était légendaire. Elle parvint à ses fins. L'opération eut lieu un dimanche après-midi, pour le dessert – une formule qui offrait l'avantage d'une possibilité de conclusion rapide et néanmoins non précipitée au cas où la rencontre tournerait mal -. De retour sur Lyon, Simon, qui n'éprouvait aucune hostilité contre ces nouveaux-venus dans la famille, ne pouvait participer. Il s'était déclaré favorable à toute recomposition familiale. Dans la mesure où son père, Fernand, avait reconstruit sa vie, il n'allait pas dénier à sa mère le droit de faire de même. Michel n'était pas loin d'adopter la même position même s'il avait quelques préventions à l'égard du prétendant en raison de son passé malhonnête.

Antoine et Jean arrivèrent vers 15 heures. Au départ, la tension était palpable. Michel engagea une discussion anodine sur le stress induit par la vie à Paris et sur les attraits de la province. Les enfants apportaient une touche de bonne humeur et favorisaient la décontraction progressive de l'ambiance. Jean observait, émerveillé, les membres de cette famille qui aurait pu être la sienne. Antoine était fasciné par Isabelle. Il la sentait prête à bondir, à sauter à la gorge de Jean. Jean, pourtant si sensible aux atmosphères, semblait ne rien ressentir de l'orage qui se préparait. Il s'était mis à la disposition de la petite Sandrine qui recherchait un public pour se donner en spectacle. Peut-être que Jean savait qu'Isabelle l'agresserait mais il trouvait cela normal et juste et ne s'en émouvait pas outre mesure.

— Tu es bûcheron ? Interrogea Sandrine.

— Bûcheron ? Non. J'aime les forêts et les arbres, mais je ne suis pas bûcheron.

— Ah bon ! Maman a dit à Papa : « on va voir le bûcheron de mamie ! »

— Ta maman pensait sans doute que j'étais bûcheron parce que j'ai passé beaucoup de temps dans les forêts.

— Ah ! Tu as vu des loups ?

— Oh oui ! J'ai vu beaucoup de loups !

Isabelle intervint :

— Ne lui faites pas peur ! Elle fait facilement des cauchemars.

Jean acquiesça d'un sourire. Gabriel junior cherchait aussi à attirer son attention. Il lui apportait un à un tous ses jouets. Avec ses cheveux blonds et bouclés, sa peau diaphane, la petite expression comique qu'il affichait quand Jean tardait à prendre l'objet que l'enfant lui tendait, Gabriel semblait sorti de quelque paradis où la douceur et l'amour se déploient sans obstacle.

Isabelle sortit Jean de sa contemplation :

— Moi, ce que je ne supporte pas, ce sont ces mecs qui font des gosses et qui n'assument pas. Ils mettent la femme enceinte et puis « débrouille-toi, moi je vis ma vie ! »

Comment la conversation avait-elle débouché là-dessus ? On ne s'en souvenait plus. Toujours est-il qu'Isabelle se dit : ça y est ! Tu l'as eue, ta gifle, mon père ! Elle n'avait jamais eu d'affection pour Fernand. Elle le trouvait routinier, borné, conservateur, matérialiste. Fernand s'occupait des enfants par dévouement à Juliette mais Isabelle n'avait jamais senti, chez lui, la moindre tendresse pour Michel et elle. Et ce Jean qui l'avait effacée de sa vie, lui, paraissait tout le contraire : un aventurier, un homme incapable de canaliser ses sentiments et ses envies, un grand passionné. Pourquoi l'avoir privé de tout ça ?

— Tu as raison, Isabelle. Mais il y a aussi des hommes qui assument leur paternité et qui doivent s'éloigner pour le bien de ces enfants qu'ils ont faits et qu'ils assument. Tu ne sais pas ce que c'est de se faire régulièrement insulter à l'école comme enfant de taulard. Demande à Antoine ! Et puis, quand tu as un père hors-la-loi, toi aussi, tu es suspect aux yeux de la justice, de la police, de l'école. Ça te gâche la vie. Alors, tu vois, quand tu sais que tes enfants ont trouvé un nouveau père, un type respectable, qui leur apporte tout ce dont ils ont besoin, alors tu viens pas leur pourrir la vie, tu t'effaces ! Et tu souffres parce que, justement, tu sais que tu as perdu le plus important.

Jean Paul s'assura que les petits n'étaient pas attentifs. Juliette essuya une larme. Antoine, qui était assis à côté de son père, lui passa la main sur l'épaule, pour lui signifier son soutien. Isabelle restait tendue, dans une attitude de combattante.

— Non ! Tu ne coupes pas tous les ponts ! Tu laisses la possibilité d'un lien ! Disparaître, c'est fuir. Je suis désolée, je ne pardonne pas à celui qui fuit.

Jean lui laissa le dernier mot.

Plus tard, ils se croisèrent à la cuisine, elle allait chercher de l'eau et il rangeait un plat. Elle ne put s'empêcher de reprendre la conversation :

— Je suis désolée, je ne peux pas.

— Je comprends. Tu as raison. Je n'attends pas de pardon. Je suis heureux de t'avoir vue, de constater que tu réussis ta vie, que tu as de beaux enfants. Je suis très fier de toi. C'est tout. Je n'ai jamais pensé que l'on pourrait recoudre deux morceaux séparés de vingt-cinq ans.

Elle le regarda pour la première fois. Il avait une présence exceptionnelle. Elle restait plantée devant lui mais son corps avait abandonné la posture de guerrière pour celle de l'acceptation.

    L'après-midi se poursuivit, plus calme. Isabelle se rapprocha d'Antoine.

12

Antoine vivait maintenant avec Sylvie. Ils avaient pris un appartement plus grand, à Montmartre, rue Tholozé, près du cinéma. Il avait trouvé une forme de sérénité auprès de Sylvie. L'envie de renverser le système par tous les moyens continuait de l'habiter. Il se voyait comme un bâton de dynamite qui devait exploser sur tous les lieux du pouvoir. La lutte armée le tentait. Sylvie était communiste, une horreur pour les compagnons de combat d'Antoine. Ils avaient plus de haine contre les cocos que contre les capitalistes.

— Staline, c'est quand même pas mon idéal, Sylvie. Le goulag, les artistes suicidés, le KGB, ça vaut pas mieux que Pinochet. Et puis le PC, c'est la trahison. Mai 68, le programme commun, l'embourgeoisement des dirigeants, c'est moche.

— Arrête avec tes clichés. Moi je suis pas un petit perroquet qui répète les mots d'ordre de ses dirigeants. On construit des trucs dans nos mairies et toutes les fois où on peut rendre la vie des gens meilleure, je dis oui.

— Ça s'appelle la social démocratie.

— Non mais ça va pas ? On construit un rapport de force en étant présent partout dans la société. Le prolétariat est majoritaire. Plus on le touche en étant proche de ses préoccupations, plus on avance vers la victoire. Ce sera un mouvement à la fois social et politique.

— Moi je crois que l'on risque de l'attendre longtemps ton mouvement. La révolution doit s'appuyer sur une poignée de militants convaincus, déterminés, irrécupérables. Il faut organiser une guérilla pour déstabiliser le pouvoir.

— Tu parles comme un gamin. Viens avec moi à une réunion.

Il accepta. Sylvie l'emmena à une réunion dite ouverte organisée par sa cellule, sur le thème de la culture. Elle regretta rapidement son initiative.

Michel lança l'offensive :

— Je tiens à protester contre le fait que des camarades introduisent dans nos réunions des éléments aventuristes dont l'immaturité politique n'a d'égal que leur goût pour une agitation petite bourgeoise à la solde du grand patronat.

— Ah, voilà Michel et sa tolérance légendaire ! En plus c'est très courageux cette manière d'accuser les gens sans les nommer. Moi, je te le dis franchement Michel, t'es qu'un stalinien borné et repoussoir !

— C'est pas bien stalinien ? Et t'as fait combien d'adhésions pour me parler comme ça ?

— Moi j'ai amené Antoine ici pour lui montrer qu'on était des révolutionnaires et bien c'est loupé.

— Mais c'est un trotskiste ! Ils ont caillassé notre local le mois dernier, ils nous en veulent à mort et toi tu en amène un ici, renchérit Frédérique.

— Et pas n'importe lequel. Elle vit avec un trotskiste, c'est déjà suspect en soi, compléta Michel.

–Putain je me casse, moi, conclut Antoine. Et les gars, je suis pas trotskiste, je suis anarchiste.

–Je me casse aussi, tempêta Sylvie.

Ils sortirent tous deux et allèrent danser toute la nuit au Bus Palladium. Sylvie revint aux réunions de cellule la semaine suivante et elle leur dit leur quatre vérités. Marcel et Pierrot, deux vétérans qui avaient fait l'Espagne et la Résistance, lui apportèrent son soutien. Simone aussi. Finalement Jean-Yves trouvait qu'on avait été dur et injuste avec Antoine et Sylvie. Frédérique l'admit. Seul Michel grognait dans son coin. En les invitant à la maison, les uns et les autres, en emmenant Antoine à la diffusion de l'huma, à des distributions de tracts ou à des manifs, elle réussit peu à peu à l'entraîner avec elle.

— Tu m'embrigades, tu m'endoctrines, tu m'embrouilles

— Mais je t'aime.

— Je suis tellement faible avec la femme qui m'aime.

— Qui m'aime et que j'aime.

Il précisa quand même :

— Je te suis, d'accord. Je te suis malgré ta bande de clowns staliniens. Je te suis parce que les racines c'est bien pour atteindre le ciel. Parce que le Front populaire, les fusillés, la Sécu et Aragon. Parce que faut pas se disperser et être là où sont les ouvriers. Mais je garde mon esprit critique, mon autonomie et je reste un peu anar et même aussi catho par mon père.

— D'accord tu es coco mais tu restes aussi Monsieur n'importe quoi.

13

Antoine appréciait beaucoup les escapades avec sa grande sœur, Isabelle. Seul le sentiment d'appartenance à la même fratrie l'empêchait de tomber amoureux d'elle. L'admiration que lui vouait Antoine apportait à Isabelle une gratification dont elle avait bien besoin, à ce moment de sa vie où le quotidien devenait oppressant et où elle se sentait enfermée, comme un hamster dans sa cage, condamné à tourner sans fin dans sa roue. Elle trouvait auprès de lui, un sursaut de confiance en elle et alimentait, avec lui, sa joie de vivre, son entrain naturel et son tempérament passionné. Elle espérait aussi, par Antoine, recevoir de Jean.

Antoine et Isabelle s'accordaient sur beaucoup de points. Entiers, enthousiastes, sensibles et impulsifs, ils aimaient partager leurs découvertes et leurs passions. Mais là où lui était idéaliste, épicurien et insouciant, elle se montrait romantique, exigeante et soucieuse.

— Détends-toi, ma chérie. Tu vas exploser ! Tu veux un pétard ?

— Je touche pas à ces cochonneries ! Tu vas te bousiller la santé.

— Putain ! C'est toi qui dis ça ! Tu fumes clope sur clope. J'ose pas imaginer l'état de tes poumons. Et tu me reproches un petit joint de temps en temps ! Quand j'avais seize ans, j'étais complètement accro et pas que du hasch. Des trucs pour m'exciter, des trucs pour me calmer, des trucs pour pas avoir peur, des trucs pour halluciner. Alors là, oui ça craignait. Mais, franchement un joint ou deux par semaine, ça n'a jamais fait de mal à personne.

Ils se taquinaient assez souvent. Isabelle trouvait que Sylvie était une fille bien, elle conseilla à Antoine de ne pas la laisser partir, celle-là.

— Sinon tu vas finir comme ton père, tout seul jusqu'à cinquante-cinq balais.

— Il était pas vraiment tout seul, tu sais.

— Je veux dire sans amour.

Antoine se remémora Paula, Dolores et d'autres femmes qui passèrent dans la vie de Jean.

— Pourquoi tu as appelé ton fils Gabriel ? Tu ne vas pas me faire croire que c'est un hasard ? Personne ne donne ce prénom-là à son fils aujourd'hui.

14

Juliette ne manqua pas de prévenir sa mère de ses retrouvailles avec Jean. Elle savait que la vieille polonaise en ferait une fête. Babounia avait une très grande affection pour son ex beau-fils, elle ne l'avait jamais renié et avait même témoigné pour lui à ces deux procès, celui d'avant le divorce mais aussi celui d'après. Elle avait plus de 80 ans et marchait avec difficulté, elle était dévorée de rhumatismes. Elle venait à peine de se remettre d'une pneumonie qui avait bien failli l'emporter. Mais rien ne l'empêcherait de recevoir son fils bien aimé. Son défunt mari, Adam, qui était mort en déportation, et elle n'avait eu qu'un enfant, Juliette. Quand Juliette avait rencontré son Jean, les arrestations et rafles de juifs se multipliaient. Adam fut arrêté chez son frère et sa belle-sœur. Ses deux neveux, Joseph et Henri, réussirent à se cacher. Elle les récupéra chez elle. Deux semaines plus tard c'était leur tour. Sans Jean, ils auraient été expédiés eux-trois aussi, dans un camp de la mort. Alors son Jean, elle l'admirait, même s'il avait pu se fourvoyer, même s'il avait déconné et fait souffrir Juliette.

Elle lui avait préparé des beignets et du café fort comme il l'aimait.

— *Meyn zun*[7] ! Je suis tellement heureuse *que tu reviens* !

— Moi aussi je suis heureux de te revoir, mam.

— J'oublierai jamais que tu m'as sauvé la vie. Et celle de vingt-cinq personnes.

— Je suis désolé d'avoir disparu. Désolé.

— C'est la vie, mon fils. C'est bien que Juliette te retrouve. Tu es son homme.

— Merci, mam.

— Tu as un restaurant maintenant ?

— Un petit bar qui fait des repas le midi et un petit hôtel à Cabourg.

— C'est bien *meyn zun*. Tu vas vivre heureux avec Juliette, tes enfants et petits-enfants. Moi je suis vieille. Je suis arrière-grand-mère. Tu te rends compte ! Je sais que ma fille, elle est maintenant à nouveau avec toi, c'est bien. Je peux mourir tranquille.

— Ah mais si je reviens pour te permettre de mourir, alors je repars.

— *Nisht* [8]. Reste. Je vais encore attendre un peu pour mourir. La pneumonie, elle m'a ratée. Ça va encore tenir.

— J'aime mieux ça.

―――――――――――――――

[7] *Mein zun : mon fils en yiddish*

[8] *Nisht : non en yiddish*

Elle lui parla longtemps, elle semblait toute ragaillardie par cette visite.

–Envoie-moi ton Antoine. Je voudrais faire sa connaissance aussi. Juliette m'en a dit tellement de bien.

Jean lui envoya Antoine. Antoine annonça à Isabelle qu'il allait voir sa grand-mère.

— Je viens avec toi, Toni. J'adore ma babounia.

— Babounia ?

— Oui, elle est polonaise. Babounia, ça veut dire « grand-mère » en polonais. On l'appelle aussi Boube, ce qui veut dire « petite grand-mère chérie » en yiddish. Elle a fui la Pologne antisémite pour rejoindre la France antisémite qui révélera toute sa noirceur sous Vichy. Mon grand-père est mort en camp de concentration à Auschwitz

— Vous êtes juifs ?

— Oui par ma mère. On n'est pas pratiquant du tout.

— J'imagine bien parce que sinon Juliette se serait jamais mariée avec un catho fanatique comme Jean.

— Catho fanatique, t'exagères mais c'est vrai que c'est bizarre comme couple de ce point de vue là. Michel et moi, on n'a reçu aucune éducation religieuse ni juive, ni catholique.

Elle ajouta, pour rigoler :

— Du coup, il est bouddhiste et je suis musulmane.

Chez la grand-mère, ils reçurent un accueil enthousiaste et débordant d'affection. Elle voulut tout savoir sur Antoine. Il voulait tout savoir d'elle, de sa famille, de l'émigration et de l'exil. Après avoir évoqué la réussite de Juliette, devenue une jeune fille cultivée et volontaire, elle se mit à parler de Jean. Son admiration était trop perceptible pour qu'Isabelle ne réagisse pas :

— Mais comment peux-tu aimer cet homme qui a abandonné ta fille et tes petits enfants, qui a choisi de mener une vie de délinquant, a fait de la prison.

— Tu veux le savoir, *ziskeyt*[9]. On t'a jamais vraiment parlé de ton père, tu sais. Il a rencontré ta mère parce qu'elle voulait agir contre les nazis, elle voulait arrêter de subir. Elle savait pas trop comment faire et on lui a organisé un rendez-vous avec ce Gabriel, engagé depuis le début, réputé pour son courage et son efficacité.

Elle raconta ce qu'elle savait, ce que Juliette lui avait raconté après guerre. Quand la jeune femme rencontra Jean, le bonhomme lui avait déplu. Il s'était montré à la fois autoritaire et

---

[9] *Ziskeyt : ma/mon chéri (e) en yiddish*

protecteur, presque paternaliste. Elle s'était alors comportée comme une petite fille obéissante et s'en était trouvée contrariée. Quand elle le vit la deuxième fois, elle avait déjà réussi plusieurs missions et elle en voulait toujours plus. Elle le trouva très séduisant et il semblait porter sur elle la même appréciation, si elle en croyait son regard de braise.

Babounia ne connaissait pas l'histoire de la troisième fois, celle où il lui dit :

— Notre vie sera peut-être très courte. Nous n'avons pas beaucoup de temps. On n'a pas le droit, mais …

Il l'embrassa et elle l'aima.

Après l'amour, elle demanda :

— Tu couches avec toutes tes nouvelles recrues ?

— Oui bien sûr, ça fait partie de l'intégration.

Il travailla moins directement avec elle pour pouvoir continuer de l'aimer.

— Un jour, la milice a pris mon homme et sa famille et les a envoyés à la mort. Puis elle est venue chez moi, il y avait mes neveux aussi.

— Joseph et Henri ? s'enquit Isabelle.

— Oui Joseph et Henri. Ils avaient onze ans et sept ans. On nous a stockés pendant plusieurs heures dans une sorte de hangar. Puis on nous a embarqués avec d'autres familles juives. On était vingt-huit entassés dans un fourgon. Je sais pas comment Jean a été informé. Notre véhicule a pilé, une voiture s'était rabattue devant lui. Trois hommes en ont surgi. Ils ont pas laissé aux policiers le temps de réagir, ils sont rentrés en même temps dans le fourgon – un à gauche, un à droite et Jean par l'arrière - et ils ont tiré en même temps, abattant le chauffeur, le passager de l'avant et le gars qui nous gardait à l'arrière. Ils ont transporté les corps dans la voiture.

Babounia avait souvent raconté l'histoire mais jamais à ses petits enfants. Elle expliqua que Jean avait choisi, sur le trajet, un endroit désert, ce qui permit de dérouler l'opération en limitant les risques. Elle donnait les détails, comme au tribunal quand il avait fallu montrer que Jean était un brave homme. Elle dit qu'un partisan était resté dans la voiture et qu'il emporta les cadavres pour les faire disparaître. Ils leur avaient ôté leurs uniformes pour s'en revêtir. Ils roulèrent une cinquantaine de kilomètres, on en fit descendre sept d'entre eux dans une petite auberge où ils furent pris en charge par une connaissance de Jean. Ils furent tous emmenés en zone libre. On renouvela l'opération deux fois. Il ne restait plus, dans le camion, que Babounia, ses deux neveux, un couple âgé et un autre plus jeune. Jean était au volant. Il s'arrêta dans ce qui ressemblait à un garage à l'abandon. Jean appela, il fit le tour du bâtiment mais il n'y avait manifestement personne. Il gara le fourgon et demanda à tout le monde de sortir. Ils attendirent jusqu'au soir. Le dénommé Gaston, garagiste avant guerre, se pointa en vélo vers 19h30. Ils étaient tous affamés. Gaston leur offrit une soupe avec une omelette et du pain. Il les hébergea pour la nuit. Jean lui indiqua qu'il partirait tôt le lendemain matin et il chargea le garagiste de désosser entièrement le véhicule et de se débarrasser discrètement du moteur.

— Jean nous a accompagnés le matin. On a marché toute la journée et il nous a confié à un ami qui nous a permis, à nous aussi, de passer la ligne de démarcation. On est resté à Auzances dans la Creuse jusqu'en 1944. Jean, lui est remonté, à pied, en vélo, en train. Il s'est fait engueuler par ses responsables qui lui ont reproché de prendre des initiatives individuelles risquées. Tu te rends compte ! Alors que tout s'est passé parfaitement : le fourgon a jamais été retrouvé, les corps non plus et nous non plus. Je suis sûre que c'est pas la première fois qu'il faisait ça. C'était tellement bien rôdé. J'ai dit tout ça au procès de votre père.

Les deux jeunes buvaient ses paroles. Isabelle en voulait à sa mère de lui avoir caché toute cette facette de Jean.

— La règle, c'était de ne pas parler de lui, ni en bien, ni en mal.

Antoine quant à lui songeait au paradoxe Delhomme : se vanter des petites choses mais toujours taire les grandes.

— Ce que j'ai fait comprendre au juge, c'est qu'en 1945, on avait là un jeune homme de vingt ans, sans travail et sans formation, qui excellait dans l'art de monter des coups, au nez et à la barbe des autorités et qu'est-ce qu'il pouvait bien faire d'autre que voleur ? Tout le monde était fier de ce qu'il avait fait pendant quatre ans mais personne ne l'a aidé après. Et ils l'ont jeté en prison. Joseph est venu témoigner pour lui aussi. Et Sarah, la jeune femme qui était avec nous, elle était enceinte quand elle a été raflé et son bébé, une petite fille avait huit ans au moment où ils ont arrêté Jean. Quand elle a parlé au tribunal, elle a éclaté en sanglots. Elle a supplié : « ne le jetez pas en prison ! C'est un homme bon. » Ils l'ont jeté en prison. Ils ont dit que c'était un jugement clément , qu'ils avaient tenu compte de son engagement dans la Résistance, qu'il aurait dû prendre dix ans sinon. Tu comprends, *ziskeyt*, que je l'aime beaucoup votre père.

Isabelle se sentait prête, maintenant.

15

Elle avançait d'un pas un peu précipité, elle fonçait droit au but comme quelqu'un qui doit accomplir une démarche difficile mais nécessaire. Son cœur battait la chamade. Il ne la vit pas arriver, il y avait du monde. Farida était partie à la pharmacie s'acheter de l'aspirine et elle tardait à revenir. Il était seul à servir. Isabelle s'immobilisa devant le comptoir.

— Un café s'il vous plaît.

Il se retourna aussitôt, reconnaissant sa voix. Il la regarda. Dans les yeux. Il était fou de bonheur qu'elle soit là, qu'elle soit venue à lui. Toutefois, sa joie se teintait d'un peu d'appréhension, il l'avait découverte si tempétueuse et si hostile. Si elle était venue clamer sa colère ici ? Il ne lui en voudrait pas. Il l'aimait sans condition, dans toutes les conditions : la colère comme l'affection, le rejet comme le pardon. Il lui sourit et lui tendit son café. Elle le prit et le but d'un trait. Elle contemplait, à son tour, malgré elle, ce père si lointain et si proche. Elle fit le tour du comptoir et s'approcha tout près de lui.

— Je voulais te dire que… je crois… j'ai bien réfléchi…

Elle n'y arrivait pas.

— Tu sais…

Une larme roulait sur la joue d'Isabelle. Il l'entoura de ses bras et l'emmena derrière, dans la cuisine. Il voulut l'encourager :

— Oui je sais.

— Je voulais te dire… je t'aime bien. Tu es mon père et ça me plaît. Je ne t'en veux plus. Tu transportes tellement de choses avec toi. Tu es l'homme le plus fort et tu es l'homme le plus fragile. Toute ma peine, c'est de ne pas t'avoir eu avec moi, enfant. Oui, ça c'est triste. Mais t'avoir comme père, c'est une joie. Te connaître aujourd'hui, c'est bon.

16

Juliette avait vendu l'appartement d'Issy-les-Moulineaux, elle avait rejoint Jean, rue de Clichy. Antoine vivait avec la même fille depuis plus de cinq ans, il avait accepté l'argent de son père pour ouvrir sa propre librairie et rédigeait des articles pour la rubrique culturelle de l'Huma et d'autres journaux communistes. Sylvie, devenue institutrice, enseignait à Gennevilliers. Ils militaient au parti communiste, à la CGT, au MLF et à la ligue pour la protection des oiseaux.

— Ne te prétends pas révolutionnaire, si tu n'es pas prêt à donner ta vie pour la poésie et les oiseaux, disait Antoine à qui voulait l'entendre.

Ils envisageaient d'avoir un enfant. Isabelle avait donné naissance à un petit Nicolas, Gabriel entamait une carrière d'excellent élève et Sandrine ressemblait de plus en plus à sa mère. Michel, quant à lui, s'était séparé de sa femme et s'était établi à Strasbourg où il avait rencontré, Kristen, une pianiste allemande qui était tombée sous son charme. Ils étaient les heureux parents de deux jumeaux, Lucia et Erwin.

Jean était comblé. Il avait atteint un niveau de sérénité assez inespéré compte tenu de son fardeau. Il avait maintenu le contact avec les anciens de la bande. Certains avaient disparu :

Salami s'était pendu dans sa cellule, le bègue avait fait une rupture d'anévrisme et y était resté, Georges et Lucette avaient émigré au Canada. D'autres continuaient à mener la vie de rufian. C'était le cas de Gégé, de Rachid et de Robert. Petit Gérard, quant à lui, avait suivi l'exemple de Jean : il s'était fait honnête et installé comme garagiste. Delhomme avait financé l'acquisition du garage et il n'hésitait pas à soutenir ce compagnon loyal, travailleur et désespérément célibataire car il avait le don de craquer pour des femmes qui le faisaient souffrir et le plaquaient avant un an. Pablo, aussi, avait quitté le mauvais business. Père d'une famille nombreuse, il travaillait chez Peugeot à Aulnay. Jean savait que ce changement de voie – raccrocher pour élever une famille – nécessitait un grand courage – que lui, Jean, n'avait pas eu – et il se montra très présent pour l'accompagner, en particulier en opérant quelques prélèvements supplémentaires sur le compte en suisse qui aurait bientôt fondu comme neige au soleil. Le polak effectua le parcours le plus étonnant : après avoir tenu, grâce à l'entremise d'une cousine, quelques petits rôles dans des films qui connurent le succès, il devint un acteur célèbre et reconnu dont personne n'évoquait jamais le passé trouble.

— J'ai beaucoup de chance, ma Juliette.
— Tu n'en as pas toujours eu.

— Qu'importe ! Aujourd'hui recouvre hier dont il ne reste que les effets sur notre cœur et notre âme.

— Pour ce qui est du corps, il n'a pas subi trop de dégâts. Il a de beaux restes, mon athlète !

Il lui lança un coussin à la figure. Elle riait.

— Pour ce qui est de l'âme…

— Elle va mieux. Mais je ne sais pas si elle ira au Paradis.

— J'ai toujours aimé ta foi, Jean – elle s'était mise à l'appeler Jean. Gabriel, c'était le petit – Moi, tu le sais, je suis une indécrottable anar. Il me semble que ton Christ, il dit : « les bandits et les prostituées vous précèdent dans le royaume de Dieu ».

— C'est pas les bandits mais c'est pareil. Tu as raison, ça devrait me rassurer.

17

Toute la famille était réunie. On fêtait l'anniversaire de Sandrine. Une tendresse particulière unissait Jean à sa petite fille.

— Je préfère pépé Jean que pépé Fernand !
— On ne dit pas ça, Sandrine !
— Ben si c'est vrai, on peut le dire.

La gamine était une vraie peste et c'est sans doute ce qui la rapprochait de son grand-père. Il lui apprit à boxer, à jouer au football, à faire du vélo sans les mains, à jurer comme un charretier, à faire un maximum de bruit,… Il lui montra comment siffler avec deux doigts pour appeler ses troupes quand on était chef, parce qu'il fallait qu'elle soit chef bien sûr ! Isabelle le grondait :

— Tu crois qu'elle ne fait pas assez de bêtises comme ça ? Il n' y a pas besoin d'étendre son répertoire.

Sandrine avait déballé tous ses cadeaux. Elle avait reçu une tente d'Indiens et les enfants, arborant fièrement leurs parures de plumes, jouaient dans le salon, en haut, où on avait monté la tente. De la salle de restaurant où se prolongeaient les conversations du repas, on entendait leurs cris et leurs rires. Isabelle expliquait aux autres que la désobéissance de Sandrine la rendait folle :

— Je ne pensais jamais être amenée à frapper mon enfant mais elle est tellement infernale que parfois je craque et elle se prend une bonne fessée.

— C'est vrai qu'elle est terrible, ta gamine. C'est pas évident. Quand même, moi, jamais je ne donnerai la fessée à mes enfants, affirmait Michel.

— C'est hors de question, renchérissait Kirsten.

— Moi non plus, je ne frapperai pas mes enfants quand j'en aurai, déclara Antoine. Faut dire que je sais de quoi je parle, avec cette grosse brute de Jean. Qu'est-ce que tu as pu me rosser ? Pas vrai ? Des gifles, des beignes, des fessées, des coups de ceinture !

Juliette fut saisie de honte pour son homme. L'histoire d'Antoine énoncée au milieu de tous ces pacifistes, respectueux des droits des enfants, venait de le clouer au pilori en le montrant comme un bourreau d'enfants. Or ce n'était pas si simple, elle le savait. Quand on critiquait Jean, à tort ou à raison, elle en était personnellement mortifiée. Elle avait le droit de lui dire ses quatre vérités et de le malmener mais si les autres s'en prenaient à lui, elle se sentait personnellement humiliée. C'était un sentiment qu'elle connaissait bien. Quand, au tribunal, le juge décrivait tous ses méfaits, elle avait honte pour lui. Quand, à la police, il se faisait réprimander et insulter, elle avait honte pour lui. Etait-ce vraiment de la honte ? Elle souffrait avec lui, elle se sentait agressée avec lui et, par-là même, en assumait les causes avec lui. La pire scène gravée dans sa mémoire se déroulait au commissariat, quand on la soupçonnait de complicité. Ils affirmaient qu'elle devait être au courant, qu'elle avait forcément vu, entendu et même aidé, qu'elle aurait dû s'étonner devant tant d'argent entre les mains d'un homme sans véritable profession. Ils l'engueulaient pour qu'elle craque. Jean s'était alors dressé entre eux et elle. Il était menotté, épuisé, à bout après des heures d'interrogatoire serré. Il avait clamé qu'elle ne savait rien, qu'ils devaient lui ficher la paix, qu'elle était en dehors de tout ça. Il hurlait, était déchaîné. Il ne supportait pas l'idée qu'elle puisse payer quoi que ce soit à cause de lui. Les flics l'avaient plaqué par terre, lui tordant le bras derrière le dos, lui aplatissant le nez sur le sol. Ils l'avaient maintenu longtemps dans cette position. L'un d'eux avait appuyé avec son pied sur la tête de Jean, l'injuriant de manière ordurière. Elle avait soutenu la scène de bout en bout. Elle les avait implorés d'arrêter. Ils lui ordonnaient de se taire, ils disaient que si elle criait, ils le crèveraient. Alors en fixant son homme, écroulé par terre, défiguré et rompu de douleur, elle pensait : « je suis avec toi, mon amour, leurs coups, je les prends avec toi, tiens bon, mon amour, j'ai mal avec toi ». Ça avait duré une éternité. Bizarrement, à cet instant où Jean ne paraissait pas trop heurté par les paroles d'Antoine, elle, elle revoyait cette horrible scène.

Antoine ne voulait pas livrer son père à la vindicte familiale. Il avait parlé spontanément, naturellement et se rendit compte, trop tard, de l'effet produit. Il n'avait pas de colère contre ce père avec lequel il avait traversé des océans déchainés, affronté les démons de l'enfer et vaincu la fatalité. Ils avaient partagé le bon et le mauvais. L'intention n'était pas d'enfermer Jean dans une de ses mauvaises facettes mais d'exprimer l'idée qu'une expérience négative peut renforcer une conviction parce qu'elle l'enracine dans votre chair. Il s'était placé de son seul point de vue. Il tenta de se rattraper, maladroitement :

— En fait, pour moi, c'était différent. J'avais déjà mis le feu à la maison d'une famille d'accueil, personne ne voulait de moi, j'étais un enfant sauvage. C'était différent. Jean aussi, il était sauvage. On était tous les deux mauvais et on s'est rendu meilleur l'un par l'autre. Comme en maths, moins par moins, ça fait plus. D'ailleurs je l'ai choisi comme père et il m'a choisi comme fils. On s'est adopté alors qu'il m'avait déjà battu mille fois mais il m'avait aussi sauvé cent-mille fois.

Juliette approuvait : « on s'est rendu meilleur l'un par l'autre ». Du côté de Jean, il restait toutefois encore un bon bout de chemin à parcourir pour atteindre la perfection.

— Ne te justifie pas Antoine, tout le monde ici sait que je suis un monstre dévoreur d'enfants ! J'espère quand même que vous me confierez les vôtres. Je suis capable de jeûner pendant plusieurs mois d'affilée.

18

Juliette et Jean filaient le parfait amour... sauf quand elle avait des raisons de se fâcher contre lui. Il faut dire qu'il fournissait avec zèle et constance la matière à fâcherie et qu'elle avait, quant à elle, une tendance à la fâcherie facile. Leurs différends se jouaient en variations sur trois thèmes : le sentiment d'humiliation provoqué par lui envers elle, l'infidélité visible alors qu'elle devait être invisible et l'irréductible penchant de Jean pour les petits arrangements avec la légalité. Ainsi, leurs conflits se résumaient à :

— Tu ne te rends pas compte de ce que tu dis ! Devant tout le monde ! Tes propos sont humiliants pour moi !

Ou :

— On a des aventures, chacun de notre côté. Pas de problème ! Mais la règle, c'est que l'autre ne doit rien savoir. Alors, fais un effort pour te cacher !

Ou encore :

— Ah non ! Tu ne vas pas replonger !

19

Antoine était passé tôt et avait laissé, collé sur un des réfrigérateurs du restaurant, une feuille de papier sur laquelle il avait écrit :

Ce soir, salle réservée – repas communiste entre amis – Sylvie, Antoine, Hervé, Martine, Philippe, Dominique, Jean, Juliette – Repas rouge : une belle betterave rouge, un rosbif saignant, des haricots rouges, une bouteille de Gigondas, des feuilles de trévise, un panier de cerises – Love, Toni !

La soirée réserva de belles surprises, comme l'annonce du mariage, en septembre, d'Hervé et Martine. On refit dix fois le monde, on reprit un peu trop de vin.

Juliette avait tenu à glisser, de-ci de-là, sa propre couleur dans ce repas-étendard : quelques olives noires, un fondant au chocolat et le café. Le petit noir qui avait établi la réputation de la maison concluait soyeusement les agapes. On parlait de l'ambiance des rues de Paris, ce qui passait, ce qui restait.

— Moi, j'aime les putains. Elles m'ont toujours ému, avec leur excès de rimmel et de rouge, leurs bas-résille, leurs poses provoquantes. Elles me troublent.

C'était Jean.

Antoine vit venir l'embrouille.

— Enfin, Jean ! Comment peux-tu dire ça ici et maintenant ?

— Tu consommes ? s'enquit Dominique.

— Que vous pouvez être vulgaires ! Je vous parle d'émotion, de sentiments. Je vous parle de tendresse. J'ai de la tendresse pour les prostituées. Voilà !

Le malaise était installé. Antoine était convaincu qu'il pensait à Paula. Juliette avait sorti ses griffes :

— Encore maintenant ?

— Eh oui ! Encore maintenant. Quand je les vois déambuler sur le pavé, en se déhanchant ou attendre indéfiniment au bas de leur hôtel miteux, en lançant des œillades aux chalands, j'ai envie de les prendre dans mes bras.

— Et de les sauter ! fulminait Juliette.

Elle se leva comme une furie et partit vers la cuisine.

— Vas-y, toi aussi ! Va rattraper le coup ! commanda Antoine.

Elle l'attendait de pied ferme, rage au cœur, feu dans le sang et regard dardant le reproche.

— Tu n'as pas compris ce que je voulais dire...

— Très bien, au contraire ! C'est très délicat, vraiment ! Alors, je te plais parce que je ressemble à une pute ou je te suffis pas et tu as besoin de t'exciter avec les putes ?

— Juju !

— Non mais tu ne te rends pas compte ! Devant tout le monde ! Devant notre fils et sa compagne ! Tu veux me faire mourir de honte !

— Si toi, tu avais dit : je vibre quand je vois un boxeur torse-nu ou quand je croise un gigolo, ça m'aurait pas mis en colère, moi.

Elle se précipita sur lui, le prit par le col et lui asséna :

— Tu es vraiment un mufle. Je supporte plus de t'entendre, je supporte plus de te voir. Ne reparais pas !

Elle retourna avec les autres tandis qu'il restait assis dans la cuisine. Au bout d'un moment, les autres demandèrent :

— Il revient pas, Jean ?

— Non, il est bien dans la cuisine.

Quand l'heure du départ arriva, Juliette alla le chercher. Il n'avait pas bougé, il attendait qu'elle lui dise de revenir.

— Ils s'en vont. Viens dire au-revoir !

C'était fini. L'orage était passé. On était tranquille jusqu'au prochain.

20

Les vieux amants avaient fixé les clauses du contrat dès le départ : ils ne s'interdisaient pas d'aller goûter ailleurs si le feu du désir les brûlait : ils s'accordaient le droit aux aventures sans lendemain comme aux amants réguliers. Cependant, une condition limitait l'exercice de ce droit : jamais l'autre ne devait savoir. Le forfait d'adultère ne se concevait que dans le plus grand secret, il leur appartenait de garantir la totale discrétion de leurs frasques. Juliette aimait les plaisirs de la chair et s'y adonnait avec gourmandise. C'est elle qui avait souhaité clarifier en ce sens les droits et obligations au sein de leur couple recomposé. Elle avait toujours vécu ainsi, libre et respectueuse de la dignité de l'autre. Aux temps de leurs amours débutantes, dans la clandestinité, elle lui réservait l'exclusivité. Après-guerre, tandis qu'il disparaissait pendant de longues périodes, pour ses « voyages d'affaires » ou pour en fuir les conséquences, elle prit quelques amants et constata que cela n'altérait en rien l'amour absolu pour son homme. Quand il fut écroué, elle se restreignit par solidarité. Ensuite, elle trompa Fernand, sans aucune culpabilité. Jean retrouvé, elle avait ressenti l'attraction violente et irrésistible du corps de cet homme sur le sien et elle lui faisait souvent l'amour. Elle ne bridait pas non plus ses élans vers d'autres corps, des corps de beaux parleurs qui l'envoûtaient ou des corps de faux intellectuels, vrais jouisseurs qu'elle emmenait danser avant de les croquer.

Elle respectait sa part du contrat. Elle avait un talent inné pour la clandestinité. Jean ne se débrouillait pas trop mal non plus, il faut bien l'avouer et il avait, quant à lui, des références incontestables dans l'art de la dissimulation. Cependant, l'homme a ses limites et ne peut honorer plusieurs lits quand il y retrouve de trop avides amantes. Juliette lui savait de la ressource et ne fut pas dupe lorsqu'il justifiait de ses incapacités passagères par la fatigue ou son grand âge. Il se moquait du monde ! Elle cherchait alors à le démasquer, à le piéger. Elle détestait l'autre, forcément une catin de la pire espèce. Elle le pistait, rentrait de manière inopinée quand elle avait annoncé s'absenter pour la soirée. Inévitablement, il arrivait alors qu'elle le surprenne. Elle lui faisait alors une terrible scène sur le mode : « tu pourrais au moins te cacher ! Tu le fais exprès pour me faire souffrir ! » Il savait bien que son irruption dans l'appartement le week-end où elle devait être chez Simon ou sa présence dans l'hôtel improbable où il s'était réfugié avec sa complice ne devait rien au hasard.

Il reconnaissait à Juliette beaucoup de qualités, il l'estimait et l'admirait mais il devait admettre qu'elle avait au moins deux défauts : elle prenait un plaisir sadique à le prendre en faute et il lui arrivait d'atteindre des sommets dans la mauvaise foi. Oui, cette colère-là puisait dans une incroyable mauvaise foi.

Qu'importait ! Il ne renforcerait pas sa vigilance pour autant. Trop de prudence vous empoisonne la vie ! Il rassurait sa partenaire du moment, choquée par l'intrusion et la tornade qui s'en suivait. Il l'emmenait poursuivre leurs divertissements ailleurs.

Lorsqu'il retrouvait Juliette, il subissait ses foudres, impassible. Il tentait parfois un :

— Juliette, si tu prévenais quand tu changes tes plans, on éviterait peut-être ça.

Elle redoublait aussitôt d'indignation :

— Voilà ! C'est de ma faute ! On aura tout vu !

Finalement, elle s'apaisait et réalisait à quel point toute cette agitation était stupide.

21

Un jour, Jean déclara, mi sérieux-mi provocateur :

— Je m'ennuie un peu ces temps-ci. Pas toi ? Les enfants sont grands, ils sont tous casés. On n'est plus responsable que de nous. Mesrine me donne des envies. Tu veux pas qu'on parte à l'aventure tous les deux ? Bonnie and Clyde !

Il poursuivit en chantant la chanson de Gainsbourg.

Elle n'avait pas du tout envie de rire avec ça. Elle le connaissait trop pour ne pas savoir qu'il ne plaisantait pas totalement. Et c'était vraiment insupportable. Elle ne répondit pas.

— Bon, d'accord ! J'y vais tout seul, alors ?

Elle le plaqua contre le mur et le martela de coups de poing. Il s'efforçait de ne pas la regarder pour qu'elle ne capte pas dans ses yeux l'amusement provoqué par cette scène. La rage de Juliette l'excitait et il eût envie d'en rajouter, il lui lança :

— Une telle bêtise, ça mérite bien une bonne gifle à mon avis !

Il s'en prit au moins quatre ou cinq d'un coup. Il faisait le malin mais elle le voyait bien retomber naturellement dans ses mauvais travers. Ainsi, quelques mois auparavant, on avait livré une dizaine de caisses au café. Juliette en avait ouvert une, pensant qu'il s'agissait de réserves alimentaires. Quelle ne fut pas sa surprise de découvrir qu'elle était remplie de jeans !

— C'est quoi ça ?

— Il me semble que ce sont des jeans.

— Dans un café ? Je crois qu'il y a erreur sur le destinataire, non ?

— Ben non, ma chérie. C'est pour moi.

— Jean tu te débarrasses de toute cette marchandise au plus vite et sans intérêt ! Sinon c'est moi qui me débarrasse de toi.

Il grogna. Il débarrassa la marchandise... mais récupéra une petite commission au passage. Il y eut d'autres livraisons, ce n'étaient qu'insignifiantes magouilles bien innocentes. Rien de bien grave. Il acceptait la combine pour rendre service, pour ne pas perdre tout à fait la main, pour s'amuser un peu. Quand Juliette arrêtait le coup, le vieux gamin fautif obtempérait ou faisait mine et promettait de ne plus y revenir. Mais il y revenait quand même puisque ce n'était pas bien grave. Si elle le découvrait une fois le forfait accompli, elle entrait dans une de ses grandes colères. Il lui arrivait de mettre à exécution sa menace de le quitter s'il recommençait à être un voyou. Elle faisait sa valise et se volatilisait, laissant Jean sonné, désespéré et confus. Elle réapparaissait quelques jours après. Une fois où ses écarts avec la loi suscitèrent la curiosité de la police et où, après une longue interruption, il redécouvrit les joies de l'interrogatoire musclé, elle le mit dehors. Purement et simplement. Il vagabonda, n'osant paraître ni devant ses enfants, ni chez ses amis. Il rentra quand il estima qu'il avait suffisamment payé.

— Jean, tu as quel âge ?

— Soixante ans tout ronds, pour te servir !

— Et tu trouves normal que je sois obligée de te surveiller pour éviter que tu fasses des conneries. Si tu t'ennuies, pars en mission humanitaire, va escalader l'Everest, écris ta vie… je sais pas, moi ! Mais arrête de jouer à la roulette russe. Ça ne sert à rien et puis ça finit mal.

— Tu dramatises. Ça n'a rien à voir avec avant. Je ne prends aucun risque. Ce sont juste des bonnes affaires. C'est même pas illégal.

— Jean, on n'a pas besoin d'argent. On est heureux comme ça. Du moins on l'était jusqu'à ce que tu recommences à vouloir des ennuis. Si tu n'arrives pas à comprendre que tout cela est néfaste et qu'il faut arrêter, arrête pour moi, pour me faire plaisir. C'est possible ça ? Me faire plaisir !

— Tu es un vrai dragon.

— Redis-moi ça dans les yeux.

Il l'étreignit prestement et lui donna un long baiser fougueux à pleine bouche.
— Voilà comment j'éteins le feu du dragon.

22

Jean avait rencontré un prêtre à Nanterre qui avait réussi à lui restituer une image transfigurée de lui-même. Le père Jacques Boulanger était aumônier d'Action Catholique Ouvrière. Jean avait croisé sa route alors qu'il s'était laissé entraîner malgré lui par Antoine et Sylvie à une manifestation pour la Sécurité Sociale. Jacques connaissait bien Sylvie car il exerçait précédemment son ministère à Gennevilliers. Sylvie rêvait de mettre en relation ces deux-là : le curé engagé aux côté des pauvres et des militants et son voyou de beau-père dont la foi était, pour elle, un mystère.

Le courant passa entre les deux. Comme tous ceux qui faisaient la connaissance de Jean, le curé fut impressionné par son charisme et sa présence. Ils se causèrent pendant la manifestation. Jacques remarqua, tout de suite, la force du lien qui unissait le père et le fils, il ne fallait pas être grand clerc pour deviner qu'ils avaient dû endurer ensemble bien des épreuves. Le prêtre n'eut pas de peine à amener Delhomme à exprimer sa fierté devant le parcours d'Antoine. Jacques se raconta un peu aussi pour susciter la confiance. Jean comprit que cet homme de Dieu lui tendait la main. Il entrevit la possibilité de déposer les tonnes de culpabilité qui avaient encombré sa vie.

Il allait régulièrement voir le père Jacques. Jean rejoignit même une équipe d'Action Catholique Ouvrière. Enhardi, il demanda, un soir, au curé :

— J'ai des choses terribles à confesser. C'est possible ?

Ils sortaient d'une réunion d'équipe dont les échanges autour du témoignage de Monique, une jeune ouvrière syndicaliste, avaient été particulièrement rassérénants. Jacques comprit que la démarche avait coûté des efforts considérables à Jean et qu'il s'agissait donc d'un cas d'urgence. Il était déjà 23 heures et sa journée avait été éreintante mais il se montra disponible.

Jean avait déjà retracé à l'équipe son passé hors-la-loi, ses années de prison, sa femme et ses enfants abandonnés, l'adoption d'Antoine et le dénouement heureux de son histoire avec la recomposition de son ancienne famille et le pardon reçu de ses êtres chers. Jacques connaissait maintenant ce cœur cabossé et son parcours chaotique. Il l'écouta.

Jean se confia. Pour la première fois, il parla du meurtre de Brodin. Pendant l'occupation, il avait tué, c'était la guerre mais il se trouvait quand même sali, amoché d'être passé par-là. En ce qui concernait Brodin, l'acte était intrinsèquement mauvais, fondamentalement mauvais. Il avait exécuté un contrat. On lui avait promis, en échange, de fermer les yeux sur ses sales affaires. La vie d'un homme contre le droit de trafiquer ! Il avait reçu une belle somme d'argent aussi. Au final, il se demandait si l'argument de la protection n'était pas un prétexte car il lui semblait qu'il avait accompli cette mission par pur orgueil, pour clouer le bec à l'infâme Merlin.

Jacques accueillait les paroles de Jean en silence. Jean continua le récit de ce qui l'avait empêché depuis vingt ans de se considérer comme digne d'amour et de compassion, ce qui l'avait amené à penser que tout ce que la vie lui avait donné de beau et de sublime n'était pas à lui destiné. Il relata le coup du vol de diamants. Il expliqua qu'il avait imaginé une sordide machination avec, pour seul mobile, la volonté de jouer un mauvais tour à André Pinson. Il avait utilisé ses gars qu'ils considéraient comme des fils, il les avait utilisés pour prouver qu'il était le plus malin. À cause de cela, des innocents étaient allés en prison et un homme était mort. Jean se considérait comme responsable de cette mort.

— Tu vois Jacques, je suis un salaud. J'ai deux morts sur la conscience, ces types que j'ai tués, pas pour me défendre, pas parce que j'y étais obligé. Non juste pour tenir mon rang dans le milieu, juste pour qu'on dise : « Jean, il a des couilles ! » Et depuis, j'ai vécu de cet argent inondé de sang, j'ai construit sur le prix du sang, j'ai été généreux sur le prix du sang. Et aujourd'hui, malgré ma Juliette si douce, le resto, ma famille magnifique, il faut encore …

Il s'effondra et pleura à chaudes larmes.

Jacques resta silencieux. Le flot des larmes en disait plus long que le flot des mots. Jacques prononça simplement :

— Que Dieu notre Père te montre sa miséricorde ! Par la mort et la Résurrection de son Fils, il a réconcilié le monde avec lui et il a envoyé l'Esprit Saint pour la rémission des péchés ; par le ministère de l'Église, qu'il te donne le pardon et la paix ! Et moi, au nom du Père et du Fils et du Saint-Esprit, je te pardonne tous tes péchés

Ils se saluèrent d'une accolade comme ils en avaient pris l'habitude. Jean ressentit physiquement la paix venue sur lui. C'était tellement nouveau.

De retour chez lui, il s'en ouvrit à Juliette :

— Mon âme n'est pas plus légère mais Dieu m'aide à la porter.

Ils étaient étendus sur le lit, elle portait une fine chemise de nuit qui laissait deviner tout ce qu'elle tentait de cacher. Jean la contemplait. Il lui déclara :

— Si je devais peindre quelque chose, je peindrai ton cul. J'imagine le tableau : toi, en nuisette, penchée à la fenêtre - je te peindrai de dos - un courant d'air soulèverait la chemise. Et c'est là que je peins. Tes belles rotondités, la fente et à travers la légère toison noire, tes lèvres.

Epilogue 1982
Gracias a la vida

Le soleil inondait la place Clichy. Jean marchait à pas lents, inspirant profondément pour emplir ses poumons de lumière. Il goûtait le monde autour de lui : une musique échappée d'un poste de radio, les pleurs d'un bébé, la caresse légère du vent, une odeur de poulet rôti, un chien qui le frôle en passant. Il pensait : j'ai eu une belle vie.

Gracias a la vida !

Le petiot venait d'avoir trente ans. On avait pu faire une vraie fête, cette fois. Dans ses bras ou accroché à ses jambes pour se tenir debout et tenter ses premiers pas, Sébastien manifestait déjà un fort tempérament.

— Tu verras, Seb, bientôt ton grand-père t'emmènera faire les quatre-cents coups ! C'est le champion pour ça !

— T'es pas mal non plus, petiot ! Fais pas semblant ! Tu touches ta bille dans le domaine.

Ils pouvaient venir, il était prêt, tout était en ordre.

Gracias a la vida !

Comme en un film, il revoyait les visages de tous les membres de sa grande famille, ceux des gars, ses petits brigands qu'il avait très sincèrement aimés, celui de Paula, celui de Marie. Il voyait la maison des bandits, l'*hôtel du soleil*, leur bar-restaurant. Il repensait au moment de fierté et de bonheur : Juliette le suivant par amour, Juliette l'attendant par amour, Antoine, tout gamin qui l'écoutait avec admiration, Antoine entrant au lycée, puis décrochant le bac, Juliette lumineuse lui revenant, Juliette le serrant dans ses bras, Isabelle et Michel, Sandrine, Gabriel, Nicolas, Erwin, Lucia et Sébastien.

Gracias a la vida !

La radio déversait Eyes of the tiger :

Risin' up, back on the street
Did my time, took my chances
Went the distance, now I'm back on my feet
Just a man and his will to survive.[10]

Il se rappela ce vieux couple du temps de son enfance, Félicien, le braconnier et Marie, la muette. Il avait six ans et il s'était fait rosser au sang par une bande de grands parce qu'il avait posé ses pièges sur des terres qu'ils se réservaient. Félicien l'avait retrouvé estourbi, et tout tremblant, il lui avait dit :

— T'inquiète pas, petit, tu vas le tanner ton cuir. Tu deviendras fort. C'est les autres qui trembleront devant toi. N'aie pas peur ! La peur, elle te ratatine, elle te rabougrit. Alors, avance, même dans le noir, même sous les coups, en

---

[10] *Eyes of the tiger* de Survivors.

disant « j'ai peur de rien ». Tu feras fuir les loups comme les démons.

Jean murmura :

— Je n'ai pas peur, même de la mort.

Gracias a la vida !

Les coups de feu furent tirés depuis une voiture noire. Jean s'écroula, sans vie. Dans sa poche, une lettre avec ces simples mots tapés à la machine : « Dimanche, à midi, tu te souviendras des belges ».

Sommaire

Première partie 1958-1960 « Je pousse en liberté dans les jardins mal fréquentés »....................7

Deuxième partie 1967-1970 Tumulte en chrysalides 123

Troisième partie 1971-1979 Aimer à perdre la raison 173

Epilogue 1982 Gracias a la vida 263